这里白昼，那里夜晚

雷默 著

宁波出版社

图书在版编目(CIP)数据

这里白昼,那里夜晚/雷默著. -- 宁波:宁波出版社,2024.8
ISBN 978-7-5526-5377-9

Ⅰ.①这… Ⅱ.①雷… Ⅲ.①中篇小说—小说集—中国—当代②短篇小说—小说集—中国—当代 Ⅳ.①I247.7

中国国家版本馆 CIP 数据核字(2024)第 089487 号

这里白昼,那里夜晚
ZHELI BAIZHOU NALI YEWAN

雷 默 著

出版发行	宁波出版社
	(宁波市甬江大道1号宁波书城8号楼 315040)
责任编辑	罗樱波
责任校对	陈姣姣
装帧设计	金字斋 王凌子
印　　刷	宁波白云印刷有限公司
开　　本	889mm×1194mm 1/32
印　　张	8
字　　数	135 千
版　　次	2024 年 8 月第 1 版
印　　次	2024 年 8 月第 1 次印刷
标准书号	ISBN 978-7-5526-5377-9
定　　价	58.00 元

如发现缺页或倒装,影响阅读,请与出版社或印刷厂联系调换
电话:0574-87248279(出版社)
　　　0574-87328764(印刷厂)

目 录

这里白昼，那里夜晚　　001

弯弯穿越了黑洞　　048

飞机光临鸦雀窝　　075

胶囊公寓　　096

野鸽子　　126

大地漂浮　　159

螽斯　　185

墨镜　　206

雕塑与男孩　　227

这里白昼，那里夜晚

一

春节期间，马路空荡荡，见不着人影。很多人如我一样，取消了外出计划，被迫宅在家里。正月初一，我从超市扛回一袋五十斤的大米和一些日用品，那以后已经整整一星期没有下过楼。电梯每隔两小时就有人过来消毒，但还是很少有人用，显示楼层的电子屏幕长时间停留在一层，听不到电梯上下运行的风声和楼层到达的那一下"叮——"。正月初七，原本是节后上班的第一天，但新出了通知，假期往后延。单位的微信群里争论得很热闹，大家都在关心什么时候能结束眼下这样糟糕的日子，恢复正常的生活，谁也说不准，但每个人都在急切地发表自己的观点。我站在十七楼的窗户前，看着楼下香樟树蓬勃的树冠，相比于这个只有五十平方米的公寓，外面显得空旷而安静。

多年未联系的她突然发来一条问候的信息，我有些意外，下意识地看了一眼墙上的挂钟，已经快十一点半了，心想她睡得够晚的。自从她嫁给美国人后，我们便不再有联系。她依旧使用微信，朋友圈相互都能看到，彼此却从未留言。

我偶尔也翻一下她的朋友圈。这几年，她似乎行踪不定，一会儿在旧金山，一会儿在纽约，每去一个地方好像都在举家搬迁，会卖了原来住的房子，转手再买入新居。我对地理不太有概念，以为旧金山和纽约离得不远，一看地图才发现原来一个在西部，一个在东部，横跨了整个美国。

这些年，她先后生了两个男孩，都是小金毛，看不到一点亚洲血统。她偶尔会在朋友圈发两个小朋友的视频，他们在古朴的森林里、辽阔的大草坪上、翡翠似的湖泊旁疯玩，满嘴英语，完全是两个外国小孩。

看那条信息，她应该也清楚国内的状况，我想，她在试探我是否还活着。这段时间微信朋友圈变得异常活跃，几乎每个人都在发各种消息，我也理解，人被困住了，总得找到宣泄的出口。我是一个例外，这段时间，什么都没发。

我回复她说没事，只是出行不方便。我本来还想多说几句，但对一个"外国人"来说，这会儿总忍不住想知道国内具体糟糕到什么程度，尤其是女人，更有这种八卦心理，但不知怎么的，我突然间又不想说了，觉得这是我们国家的隐私。她似乎能读懂我的心思，倒也没多问，只是无奈地说，本来春节她想回一趟老家，她妈妈的病更严重了，怕回来晚了，连她也不认得了。

老年痴呆症一词在我脑袋里一闪而过，我有些惊讶，想想她母亲才六十出头，按理说这个年纪患这种病有点早。她说，她是家里最小的孩子，现在想想，离开父母太远也不好，家里出点事叫她也叫不应。她哥哥姐姐都不希望她回来，说眼下还能应付，等有事了会通知她，可这种不咸不淡的说辞更让她操心。如果真想让她安心，索性什么都不说，不知道还能清净，既告诉她状况，又不让她回来，这不是让她更着急吗？

我说，她这会儿回来怕是要被隔离。她说，她半个月前就已经订好了回国的机票，而且这段时间都在为回国做准备，突然间让她取消行程，这会让她懊恼很久。我说，本来春节我也打算去外面走走，现在不也得取消旅行计划吗?她听了有些沮丧,突然问我们有多少年没碰面了。我忽然间明白过来,她突然跟我联系,似乎是想从我口中得到支持她回国的理由。虽然这种支持看起来微不足道,但可能就是那么一下支持,会让她摇摆不定的心立马坚定下来。

我说,既然你想回来那就回来吧,可你得有心理准备,也许这趟回国会困难重重。她说,让我再考虑一下,如果真的很麻烦,就只好把机票退了。

道完晚安,我来到北边的小阳台上,正是一天中阳光最好的时候,外面安静极了。从初三开始,阴雨不断的天气终于好转了,气温还是很低,但天空显得清澈透明,如同一个冷冽的大湖,阳光仿佛是透过水面照射出来的。从天气放晴的那天开始,床上已经躺不住了,外面的树丛里有鸟在叫,叫得婉转动听,让人好想有一块大草地可以尽情地撒欢。但理智又告诉我,这么多天都忍过来了,再咬咬牙坚持一下,兴许这糟糕的日子就快熬出头了。

从她嫁给美国人时开始算,一晃过去了八年,日子过得这么快,让我在震惊之余又不禁感到有些蹉跎。这八年里,我尝试着去接受别的女孩,发觉最终都会落到跟她比较的结局上来。尤其是头两年里,她无处不在的影子笼罩着我生活的角角落落,而现实又不停地提醒我,她远在万里之外的美国，无时不在又摆脱不了的荒唐、分裂、焦虑与纠结，曾让我一度对她怀恨在心，如果没有遇到她，我的生活何至于会变成这样？

二

那年高考，我考场失利，好在被农学院录取。录取我的专业叫国际贸易（中日交流班），一半中国学生，一半日本学生，学制四年，两年在国内，两年被交流到日本去。我的很多同学都是冲着日本的两年留学生活去的，学费贵得惊人，但生源依旧不断。

我们的教室在学校的一个偏僻角落里，是一幢低矮的两层建筑，一楼是教室，二楼是宿舍，宿舍的中间用辐射状的钢筋条隔开，一边住男生，另一边住女生。宿舍临街，充当着学校的一段围墙。打开宿舍的窗户，外面就是车水马龙的大街，水果叫卖声、工程车喇叭声及远远近近的嘈杂声不绝于耳。农学院不乏门面阔气和设施齐备的教学楼，但那些好像跟我们这个专业无关，我们仿佛成了学校的弃儿。

走在宿舍过道里，透过那扇隔离窗，能看到穿着清凉的女生在那一边洗衣服、洗头发，看不出哪些是日本女生哪些是中国女生,都是黑头发黄皮肤,神情随意而慵懒。当时,她就混在这些懒散的女生中,每天端着一个洗衣盆来回于水房和宿舍。她的宿舍在水房过去的第二间,第一间是传达室。宿管阿姨喊人的嗓门大到整幢楼都听得见,她吼一嗓子,谁约谁的秘密就通过扩音喇叭被公之于众,所以谁也不愿意轻易去惊动她。

我是从大熊和猴子吵架的时候开始注意她的。猴子是日本的松本一郎,长得精瘦细长。大熊是东北的周宇正,有两百多斤的块头。那时候,一个寝室住八个人,都是上下铺。按理说,日本同学应该有留学生公寓,但学校并没有给他们安排,而是让他们跟我们一起挤在简陋的宿舍里。中国的同学和日本的同学差不多对半开,平日里,语言不通,大家也不讲话,四五十人的班级每一边都感觉只有二十来个同学。

开学没多久,有一天没课,大家都待在寝室里,猴子突然踢了大熊的床板。大熊最烦睡觉时有人打扰,踢他床板那还了得?他勃然大怒,大吼了一声。他一吼,猴子的嗓门也大了起来,一边是叽里咕噜的日语,一边是机关枪似的东北脏话。两个人虽然听不懂彼此在说什么,但是都试图用音量盖过对方,似乎谁的音量大,谁就占上风。两个人嗓门一大,隔壁寝室的同学陆续过来看热闹。我和另外几个室友无所适从地挡在大熊和猴子中间，荒唐的是根本不知道发生了什么，他们为什么会吵起来，只知道猴子踢了大熊的床板，让他睡不安宁，至于猴子为什么踢大熊的床板，大家都一头雾水。吵着吵着，日本的同学一堆，中国的同学一堆，气氛开始变得有点不大对劲，好像有了点对峙的味道。

后来，不知道是谁喊来了莎莎，当时我还困惑她来干什么，没想到她一开口，说的竟是日语。她和猴子交流了一阵后跟我们解释，说松本是个敏感的人，他非常受不了有个两百多斤的大块头悬在他头顶睡觉，以至于自开学以来睡眠受到了严重的影响，上面发出一点轻微的响声，他就睡不好。我们这才注意到猴子的熊猫黑眼圈，再看看大熊的个头和单薄的床板，这块头翻个身想不弄出点动静来都难，我们都哑然失笑。后来，两个人交换了床铺，矛盾就化解了。我们惊奇地发现，虽然两个人吵架的时候差点大打出手，但吵过一架后，像什么事也没发生过，彼此间客气得很。我后来一直困惑，莎莎跟我解释，说这是语言不通的好处，虽然骂了恶毒的话，可对方不懂，就感受不到疼痛。

我承认，当时我是被她一口纯正的日语吸引的。自从目睹她用一张巧嘴轻而易举地化解了一场冲突后，我忽然发现精通外语的女生原来可以这么迷人。莎莎是个学语言的高手,我经常在田径场旁的鹅掌楸林下遇到她。那时候田径场还是渣土跑道,每天都有一群男生霸满球场,草皮还未生根就被踢飞,球场破烂得像打满了补丁,遇上晴热的天,一伙人在那里踢得黄土飞扬,满身泥土。我不知道她有没有注意过我踢球,因为她的存在,我在球场上格外卖命。我从球场两端都观察过,同样的距离,从球场看铁丝网外并不太真切,而从她的位置看球场却一目了然。

我每次走出田径场,就看到她捧着书安静地坐在那把石椅上。有一天,我走过她身旁,她朝我微微一笑,显出一个月牙儿的嘴型,我问她:"你看什么呢?"她向我展示了书的封面——一本日语书。我有些惊讶,说:"哦——难怪你日语说得那么好,原来看原版书啊。"我的话似乎揭开了一个秘密,她显得有点儿害羞,说:"你也可以啊,学语言就得啃硬骨头,熬过一段艰难的时光就会变得轻松起来。"我又问:"能听你读一段吗?"这次她没有退缩,落落大方地朗读了一段。她的日语发音清澈动人,似乎自带旋律,我不由得赞叹:"真好听,像音乐一样美妙。"她的脸红了起来,有点儿面若桃花。

后来,我约她的暗号就固定下来:"我想提高一下日语听力,你有空吗?"她随后就笑吟吟地来了,手上握着一本日语小说，那轻舞飞扬的样子让我觉得她是从宫崎骏的漫画中走来的。朗读成了我们约会的一项重要内容，我们会挑一个安静的地方坐下来，她翻开书，我在一旁静静地看着她。她朗读的口型非常好看，让我想到妙语如珠就该是那个样子。

我入选了校足球队，虽然球踢得不错，但不喜欢生活中只有足球。更多的时候，我只带着她去田径场逛一逛，看看那些踢不上球的男生对着一堵水泥墙一遍遍地进行徒劳而单调的轰门，即便脚法笨拙，我也从不当着她的面奚落他们。她说我骨子里有股安静的气质，特别让她着迷，相比于那些爱炫耀的男生，我显得成熟和文气。我笑笑，不做回应，在她身边，我很放松。

到大二快结束的时候，我们的专业遇到了点麻烦。这个专业当初就是在中日两国关系的蜜月期设立的，学校原本还打算开设中澳班、中美班，没想到招生工作遇到了困难，没开起来。这个专业算上我们这个班，一共招了五届，中间停摆过两届，也说不清是什么原因，感觉很随意。眼下，我们即将结束国内的学业，有传言说，我们这个专业的课程可能会提前结束，原因是去日本做交换生的计划被取消了，学校会返还一部分学费，算作精神补偿，然后就不管我们了，这让大家都有了危机感。那段时间，大熊找了个日本女朋友,忙着在校外寻租房子,想住到外面去。后来搬家的时候,我和莎莎去给他帮过忙。

那房子在学校的东门,是从当地居民手里租的,大概有二十几平方米。打开房门,一股拖把阴干的味道,里面凌乱不堪,摆满了陈旧的家具,好像是从旧货市场淘来的。靠近门口有个煤气灶,上面结着很厚的油污。房间的角落里摆放着一张黑漆剥落的高低床。大熊解释说,这些东西都是前任主人留下来的,还没来得及收拾。我敢断定,这个房间住过一个邋遢的单身汉,没有一件东西是规规矩矩摆放的。靠近墙角的地方堆满了东倒西歪的空啤酒瓶,电热水壶上留着结了膜的鸡蛋清,插座也松动了,从斑驳的墙壁上倒挂下来。

大熊看着那些油腻不堪的厨具说,这些都得扔了。他说着,从煤气灶底下拎出一只橘红色的橡胶手套,因为年代久远,橡胶已经老化,和油腻的灶台粘在一起,惨不忍睹。他的日本女朋友戴着同款的橡胶手套收拾着垃圾,丝毫没有嫌弃的意思。面临着接下来可能会分离的现实,他们的心理都有些复杂。也许急于找一个窝,是想把悬而未定的关系给确定下来,似乎这样他们才有勇气去共同面对将要到来的未来。我和莎莎突然在一瞬间对他们的焦虑感同身受,那是一种神奇的心灵感应。几乎在同时,我们对望了一眼,发现对方的眼神都有点躲躲闪闪,似乎藏着一个相同的秘密。那一刻,它们坦诚相见了。

真正让我们付诸行动的是一个不经意的举动。那会儿,我和大熊打算把那个旧橱柜移出房间,一上手发现那家伙太笨重了。我拉开橱柜门,准备清理一下再搬,发现里面有一罐发黑的豆腐乳,已经长毛。每次看到黏稠的豆腐乳,我就会想到蜥蜴那细菌滋生的唾液,浑身起鸡皮疙瘩。我用餐巾纸裹着它,把它丢进了垃圾桶。这一丢,原本还未清理的垃圾桶中蹦出了一个拆封的避孕套空盒子。那个橙色的盒子太刺眼,让所有人都愣住了。大熊忙着撇清关系,说这也是之前的主人留下来的。空气中似乎有了一股陌生的荷尔蒙气息,我注意到莎莎的脸红了。

帮大熊收拾完房子,我和她手牵着手出来了。一路上,那个橙色的影子一直在眼前晃,我们心照不宣地进了一个宾馆。后来我知道那种橙色的盒子叫杜蕾斯,而且是个大牌子。那种颜色大概是精心设计过的,它在年轻情侣的眼中可能就是一根火柴,划过之后就是一场熊熊燃烧的大火。

完成了仪式后,我和她靠在床头,内心的激动已经平复下来,除了感动,我还有点莫名的忧伤。她说:"这下好了,我们再也不会分开了。"我说:"不管毕业会不会提前,我本来就很确定。"她抓过我的手臂,在上面狠狠地咬了一口，留下一排紫红色的牙印，看上去像盖了一个专属于她的邮戳。

暑假结束后，原本担心的事并没有发生，我们还是去了日本。对方的学校是一个很成熟的职业技术院校，培养过很多北海道企业家。我们大部分时间都是在实习，我和她被分到两个不同的贸易公司，主要工作就是和国外客户进行联系。

在札幌，我才明白过来，为什么那些日本同学初来乍到的时候，丝毫没有做留学生的新奇感，反而眼神中都有点忧心忡忡。原来到了一个举目无亲的地方，语言变成了障碍，那种不安的情绪就会尾随而来。好在我还有她，我们在学校旁边租了一个小房子。每到周末，我们就一起去逛逛菜场，回家后包包饺子，煮煮火锅，或者烧几个不怎么像样的菜，提前过起了两口子的生活，只是这种日子仿佛又多了点相依为命的感觉。

我不知道这种提前起腻的生活是不是无形中让她感到了厌烦，我们吵架的次数也慢慢多了起来。我能明显地感受到她对这样的现状充满了抱怨，稍有一点不合心意，她的语气就会咄咄逼人，很容易冒犯人。但吵完后不久，我们又会自动和解。我们两个都不是那么潇洒的人，没那么快放下。这大概是向现实妥协，在那里，她就是我唯一的亲人，我也是她唯一的依靠。对亲人还能一直耿耿于怀吗？

两年后，我们迎来了毕业。班级里大部分人都在为工作而奔波，我觉得就像个笑话，读了四年国际贸易，真正做贸易的人并不多，很多人转行去做了别的工作。她迟迟没有给我一个确切的答案，到底是留在日本，还是回国再说。拍毕业照那天，大家穿着袍子似的学士服，摆着各种稀奇古怪的造型。可以玩闹的日子不多了，大家都想再彻底疯狂一次。然后是告别和散伙，这场景像极了我看到过的一句诗：当电钻钻透墙的一刹那，一切都静下来了。

回到我们的出租屋，她跟我说，她打算去美国。这两年实习，那个美国公司对她印象非常好，对方来日本考察的时候也是她接待的。他们对她的工作能力很认可，现在公司有个职位空缺，已经向她发出了工作邀请。看着她掩饰不住的兴奋，我愣住了，说："那我怎么办？"她有些不好意思，说："你跟我一起去啊，到了那边，工作可以慢慢找。"我几乎脱口而出："不行，我打算回国，这是早就想好的。"

我的决绝让她有些生气，她反感地皱着眉头说："你什么时候能考虑一下我的感受？"

我面无表情地回复她："我考虑的是我们两个人的将

来。"说出这句话的时候,那语气让我自己也跟着吓了一跳。事实上,我厌倦了那种在陌生国度举目无亲的生活,语言不通似乎能让一切都变得糟糕,如同鱼离开了水,再华美的环境也不过是一场空。

"那好……你走吧。"她涨红了脸。

一场风暴眼看就要来袭,我尴尬地站了一会儿,试图辩驳:"我的英语本来就不好,去那里会非常困难。"

"够了,别给我找借口了。"她背过身去,肩膀微微地抖动,又开始啜泣。我记不清楚,这样的场景在日本发生了多少遍,每次都很痛苦,发誓下次再也不让对方为难,但根本做不到。

我说:"好了,我们都不要吵了,我去给你做碗河粉。"我有种预感,如果再吵下去,我们的关系很可能就这么结束了。即使分手也得体面一点,给彼此留个好印象几乎成了我最后的执念。

炒河粉是我在日本这两年里做得最像样的食物。我洗干净豆芽,把它们捞出水盆,又从冰箱里取出榨菜和精肉,放在砧板上切丝。切着切着,在札幌的每一个日日夜夜从眼前浮现出来,我突然撇下菜刀,做不下去了。

厨房的门开了,她双眼红肿着走了进来。看到我失魂落魄的样子,她变得有些不好意思,说:"是我太强势了,没有好好地跟你商量。我想问你一下，如果你是我，碰到这样的机会，会去吗？"

我努力地从恍惚的状态中挣脱出来，虽然这看起来是一个简单的换位思考，但我发现太难了。从她接到工作邀约开始，我不知道是该替她高兴，还是该为我们的将来担忧。当再次面对她的时候，我发现突然失去了要求的能力，那是一种说不出口的羞涩，介于卑微和不忍之间。忽然之间，我觉得我们两个人的关系变轻了，像山谷间弥漫的雾霭，随着风向变了，峥嵘的山峰、崎岖的溪流和郁郁葱葱的丛林渐渐地露了出来。

她见我迟迟不回答，犹豫了一下，轻轻地说："我……还是不去了。"

她突然放弃了去美国的念头，让我一下子变得惶恐起来。看着她低落下来的神情，我知道这是真的。可这是我要的结果吗？几乎在一瞬间，我就坚定了支持她去美国的念头，我说："别这样，这个机会对你很重要，不要轻言放弃，你还是去吧。"

"可是……那样我们就得分隔两地，我也不知道以后会怎么样。"

"别说了，没有合适的工作，在一起又能怎样？"我不无遗憾地说。

"你确定吗?"

"我确定。"

"可……我一点都高兴不起来。"她幽幽地说。

"我也是。"

……

北边的阳台上寒风凛冽,我裹紧了身上的睡袍,返回自己的房间,在沙发上坐下来。我还在思考,如果再来一次,我该不该放她去美国?

三

过了一段时间,她突然给我发来信息,说她已经回国了。禁足期间她还能满天飞,我不禁有些惊讶,似乎我们不在同一个世界。她说她哥哥开车去浦东机场接了她,她还须要在家隔离十四天,等隔离解除了,打算来学校看看我。我客气地回复她:"欢迎回母校看看。"

我想她妈妈可能真的病得不轻,不然她不会选择在这个时候回国。

隔离期满,她约我见面。那时候,还未开学,但我已经在学校值班,听说她要来,我特意到学校的周围逛了一圈,发现有咖啡馆已经挂牌营业。经历了一场恐慌,人们还是习惯缩在家里。透过咖啡馆的落地玻璃窗，我发现里面空无一人。我走到门口，那里横着一张写字台，上面放着消毒液和登记表格，一旁竖着一个易拉宝，上面是一个扫描用的二维码。服务员戴着口罩从里面跑出来，要给我测量体温。我问他营业了吗？他点点头，问我是堂食还是打包？我说营业就好，先来看看，回头有个朋友过来，想找个地方坐坐。他把额温枪收了回去，说那等你们都来了再测温登记。

约好了见面的时间和地点，我却有点紧张起来。八年多时间像一段空白，在人生的走廊里躺了太久，现在得掸去灰尘，把那个人找出来，和现在的她重新衔接起来。我翻出相册，发现她以前的照片都不见了。究竟去了哪里我却想不起来了，唯一可以断定的是我没有销毁，肯定收到别处了，但究竟放在哪里却一下子想不起来了。我翻看着学生时代的自己，发觉时光真是个防不住的小偷。那时候，我鼻子右侧还没有暗疮，头发浓密得像野草，身上没有一点多余的肉。这么多年过去了，她改变了多少？她在微信朋友圈里从来不发自己的照片，头像也是一幅风景照。已经是两个孩子的妈妈了，她会不会发福得让我不敢认了？现实中有不少这样的例子，尤其是中国人去了国外，随着饮食习惯的改变，身形走样的人比比皆是。不管怎样，见一面也算是给彼此这些年来的一个交代，但这种私底下的碰面似乎又有点让人面红耳赤。

事实上，是我想多了。她出现在咖啡馆门口的时候，还是身材适中的模样。我还看到了一个高大的身影尾随着进来，这个我从来没有见过的美国人大概有一米八十五以上，他穿着一条蓝色牛仔裤和一件厚实的白色毛衣，脖子上围着一条格子围巾，高鼻梁、蓝眼睛、红褐色的络腮胡和软塌塌的金色头发。活脱脱的一头大奶牛，我心里暗暗想。

相比于她丈夫，她显然化过妆，每一处轮廓都精心勾描过，那玫红色的唇膏、不太张扬的粉底和精致的发型让她看起来像抛过光。我连忙站起来，把他们引向卡座。我看到了她丈夫露出惊愕的表情，他似乎没想到，她心心念念要碰面的同学竟然是个异性。他伸出大手来跟我握手，手指细长而冰凉。握住的那一刻，我发觉他的手因为紧张而微微地颤抖。他用美国音说了一句中文："你好。"

握了手之后，我发觉自己已经从慌乱的状态中缓过来了。我觉得这归功于她带来了她丈夫，这个人高马大的美国人来到异国他乡率先胆怯了，这让我趁机稳住了。她放下包，脱了外套，又摘下围巾，里面穿的是一件浅灰色的羊绒衫，薄薄的，勾勒出很好看的胸部弧线。但我并不觉得她有多美，她身上有股陌生的气息，举手投足间好像多了几分贵妇人的味道。

我们寒暄了一阵，她丈夫被冷落在一旁。显然他们共同生活了八年多，这个美国人的汉语水平仍然不敢让人恭维。她贴心地用英语向她丈夫介绍我，声音轻轻的。不得不说，她真是个语言高手。如果不看她人，那就是一个外国女人的声音。这个美国人不时地瞟我一眼，但当我看着他时，他又不敢接我的目光。我问："他不会讲中文吗？"

"会啊，会讲你好、谢谢、再见。除此之外，会得不多。"她说着，这个美国人也觉察到是在说他，他咧嘴一笑，我仿佛闻到了外国人那股特有的味道。

我问："这么多年，你不教你的孩子们说汉语吗？"

"教啊，他们学会了，他没学会。小孩子一教就会，他有点笨，再说他好像对学中国话不怎么感兴趣。"

我这才意识到她的两个小孩没跟来，说："两个孩子没跟你一起回国？"

"回来了，我爸爸不让他们出来。我们这次出来，他还说我了。"

我笑笑说："现在大家都很小心，能不出来就不出来，总感觉还不够安全。"

她轻轻地皱了一下眉头，那表情让她看上去像个难弄的女人。以前她不这样,我心里想。她将了捋垂在胸前的长发说:"在美国,大家可不会这么听话,都自由散漫惯了,该去酒吧还去酒吧,该开 party 还开 party,美国的夜生活比白天还重要。"

我笑了一下,轻轻地摇了摇头。多年不见,她身上有了股优越感。从带着一个外国人进咖啡馆开始,一举一动,她都像个外国人。服务员越慌乱,她越慢条斯理地看菜单。这种装腔作势的范儿武装了她高高在上的自信,同时也让她有了一股逼人的凌厉气。

她点了一杯拿铁,她丈夫要了一杯焦糖玛奇朵。上了一份提拉米苏,她丈夫迫不及待地拿着小调羹吃了起来。一个庞然大物吃这么袖珍的玩意,模样实在有些滑稽。她又轻轻地皱了一下眉头。我问她这些年在美国做什么,她愣了一下,说:"起初在公司上班,生了孩子后,他不让我上班了,就专职带孩子,现在是一个家庭主妇了。"说到这里,她故作轻松地耸耸肩,带着自嘲的味道。

我说:"哦,那对你来说,有点浪费了。"

她苦笑了一下,听不出挖苦的意味,仿佛还对我的理解报以感激。我心想,去了美国后,她怎么变蠢了?转念一想,我又意识到自己有些过分了。本质上,我不是个刻薄的人,总觉得说那些尖酸的话对自己来说也不是件好事。这些年，我习惯了平平淡淡。碰到任何事，我都提醒自己要从容，一日三省。这大概就是岁月带给我的启示。

我说："做家庭主妇其实也挺好，说明他经济实力雄厚，养家的事不用你操心。"

她喝了一口咖啡，把杯子放回桌上，冒出了一句让我惊讶的话："好什么，也挺无聊的。"大概是咖啡馆里开着暖气，她微微有些出汗，脸上的粉底开始浮粉，慢慢地有了一层油光，让她看起来恢复了一点血色。

"你还是喜欢上班？"

"那当然。整天围着孩子转，社交圈子就越来越小，身边几乎没有可以说话的人。"她的气息微微地有些急促，但又很快控制住了。我发觉她说着说着，整个人开始松弛下来。也许是坐久了难受，她伸了一下腿，在桌子底下碰到了我的鞋，触电似的缩了回去。她又说："几乎每个人都说有人养着好，但你们不会了解一个家庭主妇有多难。"

她这么快放下武装起来的傲慢，向我大倒苦水，这让我猝不及防，也略微有些尴尬。我看了她丈夫一眼说："你这么说，不怕他听懂吗？"

她反问道："他要能懂，我会这么说吗？"

我们的谈话，让她丈夫彻底成了一个多余的人。我注意到他埋头于吃提拉米苏，吃得很专注，似乎除了吃甜点,坐在旁边成为一个摆设,他也没有任何事可做。他的小调羹落到提拉米苏上,还有些轻微的颤抖。我不确定,这是不是他本身的疾病。我又向服务员要了一份提拉米苏。她把这话转述给他时,他冲我笑笑,说了声谢谢,发音还是美国腔。

服务员端来第二份提拉米苏后,她一直用小调羹搅拌着杯中剩余不多的咖啡,我想她是有话要说,但又不知道该怎么开口。冷场后,气氛就有些怪异,也许大家心里都急于打破眼前的尴尬,我问她:"美国感染的人不多吧?"

"不多,不多……其实……这次国内疫情暴发,第一时间,我最担心两个人。一个是我妈,她平时在吃药,隔一段时间就得去医院;还有一个……就是你,可能……学校人口密度大,好在你们现在还没开学,担心……有点多余。"

我猛地鼻子酸了一下,下意识地去拿桌子上的咖啡杯。我不想让对面的两个人看出来,猛喝了两口咖啡。这时候咖啡像药,流进肚子,那种感觉就止住了。她装作轻松地笑了笑说:"当着他的面,说这样的话,我也觉得别扭。当时那担心一出来的时候,我自己也吓了一跳。后来我想想也对,危机是面镜子,照见了我自己。"

我笑了一下说:"他知道我们的关系吗?"显然这话让她陷入了短暂的慌乱。而这种慌乱,我相信那个美国人也有所察觉。因为他停下了对甜点的关注，转头看了他老婆一眼。

让我意外的是，她迅速从慌乱中挣脱出来，跟她丈夫说了一句甜言蜜语的英语，这个美国人马上就乐了。她转而不动声色地告诉我："其实美国人在男女交往中对过去不太计较，他们更看重当下。我完全可以告诉他，你是我的前任，但我不想说。可能他到现在还认为你仅仅是我大学时的同学，无话不谈的那种。"她说着，挑衅似的伸了伸腿，隔着那层桌布，触到了我的鞋子，这次没有缩回去。

我说："谢谢你带他过来。这八年来，我一直在琢磨把你从我身边带走的会是怎么样一个人，今天看到了，算了了一桩心愿。"

"我可没想带他过来，是他自己要跟来的。"她的那些锋芒都收了回去，看上去有点像个任性的姑娘，这种感觉我曾经很熟悉。她又问我："你今天见到了，能说说对他的印象吗？"

"不怎么样。"我发出一声轻微的评价，心底里几乎恨得咬牙切齿。她似乎为此感到欢欣，才记起该关心一下我的状况："我还不知道你结婚了没有，合适的时候，能把你那位带来给我看看吗？当然，孩子愿意的话也一起带来。"

我面无表情，说："以后吧。"忽然间，好想随便找个人结婚。我努力地保持着平静，不想让她识破我在赌气。想起这些年情感上的不如意，我内心里翻江倒海。但自从她说了那句担心我的话后，我发现，我与所有的过往都和解了。八年多了，似乎，本来就该和解了。

我们全程保持着克制，但又毫不掩饰地谈着在场的第三个人。只能说语言有它的好处，把如此狭小的空间，天然地分成两个彼此隔绝的世界。这道屏障对我和他都成了无法逾越的鸿沟，唯有她自如地来回穿梭。渐渐地，她开始变得眉飞色舞，她应该很享受这样的过程，仿佛过去的一切都回来了。

四

忽然间，她回来的消息在同学群里传开了，好多几年不露面的人都跑出来跟她打招呼。相比于那些热情的同学，她显得冷淡得多，时不时地回复一个握手的表情。

几天后，她给我打电话，说同学鸭蛋在东海的沙滩边经营着一家民宿，现在碰上疫情，也没什么生意，想趁着她在国内，邀请几个同学小范围聚一下，问我是否愿意一起去。我说:"你的面子真大,这么多年了,他从来不叫我们过去玩,甚至他开了这家民宿,我们也不知情。"这让她在害羞之余很受用,人也变得谦虚起来,她说:"你们都在国内,想什么时候聚就什么时候聚。我难得回来一趟,就成了你们调侃的对象。"我说:"有的人近在咫尺,总觉得见一面很容易,反而永远碰不上面。"

反正眼下开学也还早,我就答应了过去。过了没多久,一个七个人的小群被临时建了起来。我看了一眼,同学的身份五花八门,有艺术家、外贸商、图书馆副馆长、律师……群一拉起来,大家就开始七嘴八舌,艺术家首先跳出来说:"哦,一群妖魔鬼怪。"鸭蛋作为召集人,少不了鞍前马后。他说眼下生意惨淡,没人去住民宿了,房间都闲置着,刚好可以接待大家。艺术家说,他要多订几间,抽烟喝茶搞一间,打牌聊天搞一间,睡觉再来一间。鸭蛋说,随你挑,想几间就几间。艺术家说,那睡觉两间,一间约女同学,一间纯睡觉。

我发现这个群里都是被疫情耽误没上班的人,几乎每个人眼下都闲着,与其困在家里,倒不如去民宿逛逛。鸭蛋说,他的民宿建在海边的山脚下,推开门走几步就能到海滩,那是一个天然的几百米长的大沙滩。他也准备了钓具和鱼笼,有兴趣捕鱼的人可以去礁石边碰碰运气。民宿的后门有条游步道，想爬山的人可以去山上。现在那片地方见不到一个人影，沙滩是专属的，游步道也清场了，再也找不到更好的躲避病毒的去处了。我们都被他说得心里痒痒。艺术家说，地方是好，就是不能长住。鸭蛋连忙说，群里的人想什么时候去住都行，终身VIP。艺术家说，大家都蹭了美国人的光，那个美国人要记得多回来啊，不然我们不好意思去。她在群里连发了三个偷笑的表情，看起来很受用。

到了聚会那天，考虑到交通不方便，我本来想问问她，是否要搭顺风车。没想到她在群里率先说，她自己过去，开她哥哥的车。群里又开始七嘴八舌，说汽车是美国人的双腿，出门到小店买瓶酱油也要开车。我从来没意识到原来她有这么大的魅力，似乎海外经历让她蒙上了一层光环，加上读书时她是公认的班花，隔了一些年，搞得男同学们都想见见她。

到了鸭蛋的民宿，其他人陆陆续续到齐了，她还没来。因为大家都知道我和她以前的关系，所以我总感觉大家看我的眼光有点不一样。我想，等她到了，可能会让他们的心里来一次狂欢。

到了中午快吃饭的时候，她才赶来，开着一辆笨重的老款别克车，和她的美国身份很搭调。大家都站在沙滩边的马路上欢迎她,她摇下车窗,跟大家道歉:"不好意思,让大家久等了。这个百度导航用不习惯,好几次都开错路了。"

就在大家起哄的时候,我发现副驾驶的位置上赫然坐着那个美国人,心想:她怎么到哪儿都带着他?这是美国人的习惯吗?看到她带着丈夫来,大家都有点收敛。艺术家口无遮拦地说:"一个女司机,难怪会开错路,你怎么不让你的外国老公开?他这么大个人,让你开车好意思吗?"

她满脸通红地下车,忙着解释:"他听不懂中文,导航用不了,而且国内的公路他也开不习惯。"艺术家说:"嫁人这么多年了,连中国话都没教会老公,你怎么当的老婆?"大家嘻嘻哈哈地打招呼,似乎所有人的目光都集中在我身上,看我如何跟她的美国丈夫打招呼。那美国人从一堆陌生人中一眼认出我,他忧心忡忡的表情瞬间飞扬起来:"嗨,你好!"大家一脸惊愕地看着我们,我一边跟他握手,一边跟大家解释:"我俩早就认识了。"

看戏的期待落空,大家都有些不过瘾。律师对她说:"同学聚会,老公跟着,说明他对你不太放心呀。"图书馆副馆长接过话说:"那说明人家恩爱,我家那个,喊他也不会来。"艺术家说:"外国人和我们不一样的,每周做几次爱都有规定的，少一次都不行。"他话音未落，引得两个女同学要拍打他，大家都跟着笑。

随后，大家一起去吃饭。美国人全程跟着，我有种怪异的感觉。这和上次近距离接触不太一样，虽然他也不说话，但在一群闹哄哄的人中，不说话的人就剩下一双眼睛。我挺忌讳有人在旁边看着我，却不说话。

吃完饭后，鸭蛋带大家去沙滩上走走，他好像很担心大家无聊，把鱼笼、钓具都拉了出来。我们这帮人都不怎么喜欢钓鱼，再加上海边风大，刮到身上挺冷的，在沙滩上逗留了没多长时间就回房间喝茶了。倒是她和美国人玩兴很足，要去礁石上放鱼笼，鸭蛋只好陪着他们。我又看到鸭蛋放着大部队不管，似乎有点过意不去。我跟他说："我们不用你管，你陪陪他们吧，他们难得回来一趟。"说实话，放鱼笼没有鸭蛋也不行，那些圆形的空鱼笼都必须绑上饵料。饵料都是鸭蛋从菜场捡回来的，一些烂带鱼和鸡鸭内脏，又腥又臭，必须用手把它们装进一个小盒子吊在鱼笼内，然后再把鱼笼抛入海里。抛鱼笼也有讲究，不会的人很容易连着那条绳一起抛出去，那样鱼笼就有去无回了。又或者不熟悉地形，抛出去的鱼笼被水下的乱石钩住，拉不起来。还有最重要的一点是他们的安全，礁石林立，一不小心崴了脚或落了水，都不是小事。

鸭蛋看看我说:"到底还是你关心她。"说这话的时候,她就站在不远处,我不确定她是否也听到了。

每到一个这样陌生的地方,第一天永远是最新鲜的,等新鲜的劲头一过,大家都变得懒散起来。第二天,艺术家睡到吃午饭才起来。他之前就交代过鸭蛋,晚上没有三点,他是不会睡觉的,睡下后,一定不要去喊他,他会准点起来吃午饭。

其他人上午一起走了游步道,这次美国人没有跟来,图书馆副馆长还问她:"你老公呢?"她不好意思地笑了笑,说:"不管他。"言语之间似乎多了一点硬气。我猜是她对他交代了什么,要么是他觉得跟多了无趣。大家都没带家属,一个陌生人混在一群熟人中间很别扭,大家都得照顾他的感受,其实这种生硬的客气也挺让人难受的。

不知道是人多了有顾忌,还是别的原因,她刻意和我保持着距离,自觉地和图书馆副馆长凑成了一队。我发现这次出来,她没有化浓妆,其实不化妆的她反而更加动人。爬完小山头,大家都有些出汗,脱了外套,她的身形曲线完全看不出是两个孩子的妈。我发觉,美国人在场,她还是有所顾忌,没有了他,她反而神采焕发。我隐隐地感觉到,她和她丈夫可能也没有我们看到的那么和谐,这种怪异的感觉一直跟随着我。我几次试图接近她,想跟她再聊几句,她都避开了我,甚至都不看我。也许她太在乎别人的看法,早晚都要回美国去,留下点闲言碎语,终究不太明智。

吃完午饭,好几个人都去睡午觉了,我明显地感受到大家的厌倦情绪。这样的地方终究是个旅游的地方,只能住三天,多一天都不行。何况是鸭蛋赔上生意的本钱来招待我们,多住一天,就多一天的过意不去。谁也没说什么时候回去,但我感觉到离别已经快要来临,我给她发了一条信息:可能马上要散伙了,有空去后山走走?

她迟迟没回复。

下午,鸭蛋又开始变花样,他雇来了一条渔船,要出海用拖网捕鱼。他不停地给船老大打电话,问船老大到哪里了,他那绞尽脑汁的模样让大家更加过意不去。艺术家说:"你这么客气,是逼我们早点滚蛋。"鸭蛋说:"那没有,那没有,你们这群人,请都请不来。"

她姗姗来迟,眼睛稍微有点浮肿,好像刚从午睡中醒来。看到我,她不好意思地笑了一下。鸭蛋对她说:"把你的外国老公叫来,他喜欢捕鱼,我们下午出海去捕鱼。"她略微有些慌乱,说:"算了吧,不用管他。"好说歹说,终于把美国人叫下了楼,和我们上了渔船。

渔船挺大,为了躲海风,大家都钻进了驾驶室,一路都是柴油机的马达声。船老大看到有个外国人，很新奇，几下过后，两个人用肢体语言交流起来。美国人比画着要开一下船试试，船老大说："到了开阔的地方再给你玩。"美国人有些等不了，不停地捋着袖子，一副跃跃欲试的样子。没想到他还这么爱玩，这让大家都有些惊讶。她不停地皱着眉头，也没像上次那样耐心地给他做翻译，她大概觉得他这样有点幼稚。

船终于开出了港口，到了洋面上，速度好像慢下来了。船老大让出了驾驶位置，把舵交给了美国人。可能掌舵并没有想象中那么费力，美国人咧着嘴笑，像个大孩子，那个像方向盘一样的舵在他手里变成了转圈圈的玩具，一船人都看着笑。开了一阵子，大概嫌不够刺激，他推了一把旁边的油门，柴油机的马达声瞬间大了起来。站在船舱门口抽烟的船老大探进身子，把油门拉回到原来的位置，说："开慢点，开慢点，安全最重要。"

开阔的洋面让人很放心，大家都觉得这不需要什么驾驶技术，谁都能开。看了一会儿，大家也没心思关心美国人了，七嘴八舌地聊起天来。聊了没多久，船老大突然疾步赶回船舱，他一把抢下美国人手中的舵，左手开始飞快地向左转圈，一直转到满舵，右手减下油门，马达声迅速小了下来。我们问发生什么事了，船老大不响。过了一会儿，船慢下来，我们感到有什么东西擦过了右边的船舷。那种摩擦声很明显，我们这才发现，离船头不远的水面上立着一个矮矮的红色浮标。船老大说："再晚一点点，就触礁了，没的玩了。"

看到差点闯祸，她本能地用英语脱口而出，冲他激烈地抱怨起来，美国人铁青着脸。过了一会儿，他也用英语小声而急促地回嘴，看起来两个人有点不太愉快。大家都忙着打圆场。这进一步证实了我的猜测，他们之间确实有点问题，像脚下这艘差点触礁的船。

当着这么多熟人的面起争执，这有点失颜面。我看得出来，她没有退让的打算。大家转而劝美国人，纷纷绞尽脑汁，想出几个可怜的英语单词，加上手脚并用的肢体语言，终于让美国人冷静了下来。但他的情绪明显受到了影响，拖网拉上甲板的时候，他也远远地站着，并没有因为捕到渔获而想走上来看一眼。

不幸目睹了她的家庭纠纷，让在场的人都颇为尴尬。我能感觉出来，她也挺后悔自己没控制住情绪。因为发生了这个小插曲，原本就有些厌倦情绪的人都暗自盘算着怎样找个合适的借口离场，一干人变得涣散不堪，随时都有作鸟兽散的打算。鸭蛋作为地主，想方设法地想让大家多待些日子，但这种挽留反而加剧了大家想早点逃离的念头,似乎谁留到最后,谁就得承担所有人对鸭蛋的好客感到过意不去的心理负担。这种暗地里争先恐后加速逃离的心态很快让这场聚会变成了惨不忍睹的溃败。

鸭蛋见留不住众人,只好说,要走也得等莎莎发话,她大老远过来一趟不容易,大家总得好好送送她,这次分开不知道又要等什么时候再重逢了。她很聪明地表态,说吃完晚饭后大家随意安排,想早点回去的就早点回去,她因为开夜路有困难,准备第二天上午返程。

她这么说,那些本来不打算吃饭的人也只好留下来吃饭。不得不说,这是很机智的安排,最后的晚餐不喝酒似乎说不过去。当鸭蛋把酒放上餐桌的时候,那些原本打算连夜回去的人早早地给自己的酒杯倒上饮料,试图逃脱这场宿醉。鸭蛋就开始逐个劝酒,图书馆副馆长起初死活都不肯喝,鸭蛋对她软磨硬泡,逼她喝下了一小杯白酒。这之后,图书馆副馆长就彻底放弃了回去的念头,开始主动出击,频频跟别人碰杯。

没完没了的敬酒,大概让美国人觉得很无趣,他早早地吃完晚饭,看着一群微醺的人在餐桌上你来我往,他呆坐在那里,想不通这是为何。这中间,鸭蛋也接连地向他敬酒。起初,他还能微笑地端起酒杯,喝一小口。到后来,别人几次三番向他敬酒,他开始有些恼怒了。她在旁边向大伙解释:"他不喜欢有人灌他酒。"

于是,大家把他晾在一边,继续着属于我们的狂欢。美国人终于坐不住了,他跟她交流了几句,就一个人回房间了。我看到他站起来的时候,带着些许愤怒,椅子推到一旁,还任性地踢了一脚,她脸上闪过一丝不安。

艺术家见状说:"你的外国老公生气了。"她借着酒精的作用说:"爱咋咋的,不管了。"她这么一说,气氛就热烈起来了。很多人大着舌头怂恿她,老公不能惯,适当的时候得冷落一下,不然会骑到你头上去。

如果说她丈夫在场,她还有所收敛,那么在他离场之后,她就像换了个人。我不知道她是出于什么考虑,想难得放纵一回自己,还是压抑了太久?对于敬酒,她来者不拒,而且都是豪气地一干而尽,我小声提醒她:"别这么喝,你很快会不行的。"她看着我,目光迷离,当着众人的面很放肆地问:"你为什么还这么关心我?"

我们的关系在这个时候迅速地成了大家起哄的焦点,艺术家说你们得喝个交杯酒,为过去干杯。大家跟着起哄,她挑衅地看着我说:"怎么样?敢不敢?"那时候,酒精已经让大家失去了理智,我觉得这么闹下去挺危险,有种说不出的怪异,我总觉得有双眼睛在看着我,后背上毛茸茸的,起鸡皮疙瘩。大家见我迟迟不端起酒杯,开始拿话刺激我，说连酒都不敢喝，活该被人抢走老婆。

我一把抓过装饮料的大酒杯，在众目睽睽之下，往里倒满了白酒。大家正诧异间，我一仰头，把那些白酒都灌进了肚子里。有那么一瞬间，热闹的气氛安静到了极致。对于我这个自残式的喝法，大家都愣住了。我红着眼睛看了一圈安静的大伙，她突然趴在餐桌上啜泣起来。

那顿饭是怎么结束的，我已经完全记不起来了。后来我知道，我是被鸭蛋他们抬回房间的，他们说我像死过去一样，两只手架在两个人的肩膀上，后面还有人扶着，我已经完全迈不开步子。

第二天，我是被电话叫醒的。鸭蛋在电话里问我还起不起得来，说莎莎要走了。我除了有些头疼，已经从宿醉中缓过来，匆忙地洗了把冷水脸，走到大厅，发现人伙一个不落地都还齐着。她和美国人已经收拾好行李，正等着我下楼，和大家一一告别。

大家走出民宿，把他们送到了车子旁边。这次很奇怪，她的丈夫径直打开车门，坐到了驾驶的位置上。她笑着解释，他这是怕她酒驾，回去她得给他做人工导航。她先拥抱了图书馆副馆长，然后和大家挨个握手道别。她丈夫发动了车子，还没等她上车，竟然踩了一脚油门，开着车子蹿出去老远。

她踩着高跟鞋，狼狈地追过去。到了远处，车子才停下来，她终于一瘸一拐地追上了车子。钻进车子前，她匆忙地和大家挥了挥手。然后，车子一溜烟地开走了。

五.

从鸭蛋的民宿回来后，她好几天没联系我。我一直在心里琢磨着她和她丈夫的关系，很显然那个美国人不是一个太合格的丈夫，这么几天都没法包容，她在美国的生活又会是什么样子？我很想跟她有一次深入的交流，但觉得主动去问她这事又不太合适，她要是愿意跟我说自然会说。于是，我一直守着电话，等着她来跟我联系。

几天后，她打电话过来，声音听上去有些疲倦。她说，现在纽约的形势不太好，疫情已经蔓延开了，她打算回去了。

我一愣，说："这么着急，机票订了吗？"

她说已经订好了，家里除了她犯迷糊的妈妈，几乎所有人都劝她早点回去，怕晚了，就真的回不去了。她说，想想挺悲凉的，娘家人骨子里的观念觉得，她终归还是嫁出去的女儿。当然，言语之间还是感恩和不舍。她爸爸说，这次她陪伴了她妈妈这么长时间，就算她妈妈过世了,也该合眼了。

我说:"我也没想到,会在这样的情况下跟你再见面。"

她笑了一下说:"是啊,回来是国内疫情形势严峻的时候,回去又变成国外情况严峻了,两趟行程都像赶着去救火。"

我心里忽然变得很复杂,说:"那你小心点,如果在国外真的很难,还是回来算了。"

她沉默了数秒钟,问我:"你指哪方面?"

我迟疑了一下说:"他对你……好吗?"

她再次陷入了沉默,过了一会儿说:"你也看出来了?我在美国不是这个样子的,他不喜欢我有太多的社交活动。"语气尴尬至极。

"你又不是他的私人物品。"我脱口而出。

"当时也是我自己幼稚,以为不用上班,有他养家是件幸福的事,但自从有了孩子后,整天围着孩子转,生活的圈子越来越小,只剩下他和孩子时,我就觉得完了,那时候想再回去已经回不去了。我一想到,每天只有洗衣服、做饭、带孩子,孩子睡着的时候,穿着肥大的衣服修剪一下院子里的花花草草,每天都这样重复,真的有点不甘心。这次回来遇到你们,觉得这才是正常人的生活。"

"这有什么难的?这也应该是你的生活,你不该封闭自己。想想当年，你可是一只志存高远的鸟儿，天生的梦想就是蓝天和白云，可现在你给我什么感觉？虽有不甘，但我觉得你还是安于笼子里的生活。"我说着说着，就抑制不住地激动起来。

"可能在笼子里生活得太久了，已经习惯了，有一天笼子的门打开了，我却已经不会飞了。"

"这都拜那个美国人所赐，他是个混蛋。"我感到自己有些愤怒。

"你说得没错，他就是个混蛋。"她这么一说，我无比惊讶。她说："说出来怕你笑话，这些天过的都是什么日子！"

"他把你怎么了？"

她迟迟不肯说，显然我的追问让她开始犯难。我能明显感受到她内心的纠结，羞于启齿的遭遇似乎关系到她的个人尊严，而这一切让一个外人知道是多么地不合时宜。

她说："我得出去跑两圈，不然我会发疯。"她说这话的时候，我都能想象得出来，她抓头发的痛苦模样。我说："如果你不愿意说，我也尊重你。其实那天在鸭蛋的民宿那里，我已经猜到了大概。"

"你猜到了什么？"

"他不太顾及你的感受，当着那么多同学的面给你难堪，这素质够低的！"我毫不客气地指了出来。

她叹了口气说："如果仅仅是因为参加同学会，给我脸色看也就算了，他的恶行远不止这些。"她咬咬牙，终于开始向我袒露这些天她遭遇的屈辱。

她说，那天从民宿回去，他就一路抱怨，当时她以为是开同学会的缘故，后来发现他对她见亲戚也有成见。这些亲戚对他来说是毫无关系，但对她的意义不一样。比如从小看她长大的姑姑，还有十五岁时还睡在一起的表妹，多年不见那得有多亲热！他却不这么认为，觉得那是远房亲戚，拜访的礼节完全是多余的。从她姑姑家回来的路上，他突然在大街上跟她爆发了。她说，他是故意的，就是想让大家都来看她笑话。要知道，一个外国人在大街上咆哮是件多么吸引眼球的事。这公然的愤怒起初吓到她了，她甚至都有点低声下气，跟他说有什么事等回家再说，但他不听，接下来继续更大声地咆哮。眼下正是疫情时期，人人自危，看着一个外国人没戴口罩，还当街咆哮，很多人都停下脚步，好奇地打量他们。她知道那些看热闹的人不嫌事大，可能会在心底里想，这个女人为什么这么犯贱，被人训斥成这样还这么低三下四？他们有什么不可告人的秘密？她说，那种鄙视和偷窥的目光真的很羞辱人，但这她也忍了。后来过来一个警察，询问她究竟发生了什么事。警察出于好意，看他们都没戴口罩，考虑到眼下的疫情，从摩托车后面取了两个口罩，递给他们，让他们戴上。她当时非常感动，觉得那一片小小的口罩像一块遮羞布，终于挡住了周围如炬的目光。他却野蛮地一把夺走了她的口罩，扔到地上，还用脚碾了几下。这个毫无教养的动作彻底激怒了她，让她觉得，这已经不光是有失体面。因为跟他是夫妻，她感到无比的羞愧。她和他在大街上大吵起来，一旁的警察看不下去，把他们都带回了派出所。这是她有生以来第一次被警察叫进派出所，那种丢人的感觉让她想起来就无地自容。

"那你为什么不离开他？"我感到匪夷所思。

她说，在美国时也想过离婚。有一次两个人吵架，吵得很凶，砸了家里很多东西。本来当着孩子的面，她再生气也会克制，但当时很奇怪，全身被糟糕透顶的情绪包裹着，几乎已经失去了理智。孩子都在场，两个人明目张胆地吵开了。家里怒火四溅，一地的碎片。两个惊慌失措的小家伙做出了惊人的举动，他们认为爸爸妈妈吵完架后肯定会离婚，已经开始提前商量谁跟爸爸，谁跟妈妈。他们一厢情愿地认为，离婚了以后，妈妈会回中国，爸爸则会留在美国。他们又商量着怎么去看对方，一年碰几次面。她当时看着两个小家伙惊慌失措地商量着，心里突然就软了，最终又跟他和解了。

我说:"那也犯不着把自己赔进去,你们出了问题,孩子还会幸福吗?"

她叹了口气说:"你不会理解一个妈妈的感受,没有一个孩子愿意自己的父母分开。趁他不在家,我好几次问过我的两个儿子,如果爸爸妈妈分开了,谁会愿意跟我一起走?大儿子迟迟不肯回答,但我看得出来他内心很焦虑,那是他这个年纪不该有的忧愁。小儿子才四岁多,一遇到这样的问题,就会放下手里的玩具看着我,那眼神让我心也碎了。他虽然作为丈夫并不怎么称职,但对两个孩子来说,还是一个过得去的爸爸。"

她这么说时,我的内心无比悲凉。我觉得在母亲和妻子的角色选择上,她主动地放弃了做女人的权利。纵然是狼狈不堪的生活,她也选择了习惯,可习惯是一种多么可怕的惰性!

我相信在这个问题上,她考虑的时间比我长。虽然我对她的做法并不认同,但最终我还是放弃了劝说的念头。她说,希望你能替我保守秘密,这种事情我不想让多余的人知道。我说,这你可以放心。她舒出一口长气说,谢谢你!这么多年了,你还是我最信赖的那个人。

美国的边境似乎在徐徐地关上,在边境彻底关闭之前,她终于赶回去了。在机场的时候,她又给我发了一串道别，我不无遗憾地说："最终你还是跟着那个美国人回去了。"她拍了她小孩的视频传给我，纠正了我的说法："是跟这两个美国人回去了。"不得不承认，这两个小家伙确实太可爱了，鸭绒似的金色的头发，雪白的肌肤，还有天真而活泼的眼神。他们就像两块奶油蛋糕，融化在她的心尖上。

我躺在沙发上，一遍遍看着这两个小家伙在候机室里跑来跑去。她的镜头跟随着他们，很奇怪，竟然没有拍到那个美国人，连影子都没有，好像他没有在这趟去美国的旅程中。后来她的消息停了，我猜是飞机起飞了。直飞的航班已经取消了，她得去欧洲转一下。我想象着她的飞行路线，觉得这趟行程太折腾人。清晨的时候，手机响了一下，我一看是她落地的消息。随后她还发了一张纽约的照片，高楼林立，天空还亮着，只是夕阳西下，在城市和天空交接的地方带着一抹暗橙的暮色，偌大的纽约像一列庞大的列车，正缓缓地驶入夜晚。我看了一眼窗外，跟她说，这里天正开始亮起来。她俏皮地回复：日夜开始颠倒了。

她回到纽约后，疫情开始在那里大流行，鸭蛋建的那个小群里大家都在关心她，纷纷问她需不需要口罩、消毒液等防护用品，她都一一谢绝了。大家私底下都觉得美国人有种天生的盲目自信，撞了南墙也不肯回头。虽然这么想，但大家还是维持着表面上的和善与热心，毕竟她是我们的同学。她很活跃，每天都跟大家通报纽约的真实境况。渐渐地，大家也麻木了，我开始着手学校复课的事，大家也都回到了各自忙碌的生活中，唯有她的热情丝毫未减，经常在那里发消息。到后来，只有我在那里回应她，别人都不出声了。

后来，她大概也意识到了大家的厌倦，转而跟我单独联系，我们几乎每天都会说上几句。纽约成了世界上病毒暴发最严重的地方，在最让人绝望的时候，我发现她和以前相比，有了惊人的变化。她开始在朋友圈发一些精致的早餐，院子里争相怒放的花草，以及一些奇特光影的照片。虽然身处危境，但好像外面发生的一切都跟她无关，她精心而热烈地过着自己的生活。看着那些煎得金黄的鸡蛋，抹上果酱的吐司面包，还有土豆泥和琳琅满目的水果时，我感到非常欣慰和感动。我跟她说，你好像不太一样了。她问，哪里不一样？我说，虽然身处阴霾，却有种明媚的感觉。

随后她打了视频电话过来，那时候我刚洗漱完毕，准备躺到床上去，于是在客厅里坐下来。视频接通后，我看到她穿着居家服，随意而放松。她看到我后，理了一下头发，微微地笑了一下说：“我们像约过似的，你也穿得这么随便。"

"家里嘛。你一个人吗？"

"孩子们在家里。"我以为她还会问些什么，她却没有问下去。随后我看到她身后那个洋娃娃摇摇摆摆地跑上来，她一把把小儿子抱在怀里，让他跟我打招呼。我问："他没在家里吗？"

"嗯，出去了。"她说着，应付着怀里乱动的孩子。

"哦，纽约疫情严重吗？"我没话找话地问。

"当然了，我们都不太出门，这里的华人警觉心都比较高，只有老美，还不管不顾，可能都不怕死吧。"她笑了一下，撩了撩垂到脸颊的长发。那一瞬间，她脸上有了一股少女的红晕。

我不由得赞美道："你身上有了一种神采，之前还没发觉，好像就这几天开始的。"

她露出惊讶的表情，调皮地歪着头问："有吗？有吗？"

我坐在沙发上，平和而喜悦地盯着屏幕中的她，她突然语调低沉下来说："告诉你一个消息，前段时间，我婆婆走了。"

我有些错愕，连忙道歉："哦，不好意思！"

她反而笑了笑说："没什么，我婆婆和我公公很早就离婚了，后来又各自组建了自己的家庭。在美国当父母没那么累，到了孩子成年，就基本不管了。美国家庭不像我们中国，有那么多理所当然的依赖。在我们中国人看来，他们彼此有些客气，客气得让人觉得生分。但有些习惯雷打不动，比如一周一次的家庭聚会，没有特殊情况大家都会去，一大家子，看上去其乐融融。"她说着摇摇头，"前妻、前夫像朋友一样打招呼，还和对方现任配偶喝酒吹牛，在我们看来有些匪夷所思。"

我笑了笑说："可能他们看我们也是这种感觉，人情关系太浓烈，很难说清是好还是不好。"我顿了顿，问："你婆婆去世跟新冠有关系吗？"

她点点头，神情有点黯淡。她说："她最后是在医院的ICU病房去世的，家属也不能见，我们只收到医院的通知，告知她几月几号几点几分走了。据照顾她的护士说，她走得很安详，跟睡着了似的。我婆婆这辈子还是幸福的，虽然之前和我公公的那段婚姻以失败而告终，但她后来的丈夫很爱她，也很宠她。"

我听了有些惊愕，似乎这话跟我有什么关系。我坐在沙发上微微地有些恍惚，她在视频里继续说道："接到我婆婆过世的消息，她的现任丈夫受到了很大的打击。最终，我老公去殡仪馆领回了他妈妈的骨灰盒，帮着她现任丈夫处理完了后事,整个过程简单而又凄凉。处理完我婆婆的后事后,我老公忽然有一天跟我说,他妈妈得这个病太不幸了,临终的时候,身边除了护士,没有一个家人。很遗憾,作为亲人,没能见她最后一面,跟她说声再见,并祝福她一路走好……"

这些话是从那个美国人的口中说出来的,我简直不敢相信。一种苦涩、失落而又为她感到庆幸的复杂情感包裹了我,她在视频中变得异常遥远而渺小,但我又能清晰地看见她每一个细小的表情。她看到我恍惚的样子,笑着跟我打招呼,说:"嗨,你还在听我说吗?"

我激灵了一下,从恍惚中回过神来。她笑了一下,忽然神秘兮兮地问我:"你猜我在干吗?"

"带孩子呀。"

"除了这个呢?"她抿了抿嘴,笑着说,"我刚才做了件重要的事。"

"什么事?"

"写遗嘱。"她说着,被自己逗乐了。

我忍不住问:"你没事吧?"

"没事。"

我说:"这事用得着这么着急吗?"

她说:"这种事还是早点有准备好。"

我只好说:"那写完遗嘱后,再给自己列一个愿望清单吧。人生还很漫长,疫情也终会过去,也该想想以后的生活。"

她冲我微笑了一下,突然很严肃地问我:"有件事想征求一下你的意见。"

"你说。"

"万一我出了什么事,我希望他在两个孩子十二岁前不要再婚,以免孩子遭受不好的对待。你作为男人,觉得这个要求会不会太苛刻?"

我心里怔了一下,然后坚定地告诉她:"不会。"

画面中的她舒了口气,随后陷入了长时间的恍惚中。这时候,视频中从外面传来了钥匙开门的声音,她匆忙地朝我挥了挥手。随着大门打开又合上,视频通话也戛然而止,就像一道瞬间合上的闸门,切断了那个男人的声音。

来不及从容告别,也没办法坦然大方,但这似乎也告诉我,我们的关系该翻篇了。细细回想着片刻前停留在手机屏幕上的最后一帧画面,她有些惊惶,有些局促,还有一丝纠结和无措,甚至有点儿羞愧难当,我心里充满了说不出的滋味。

弯弯穿越了黑洞

接到虎头的电话,我正坐在去昆明的高铁上。云贵高原多崇山峻岭,时速高达三百千米的列车驶入一条漫长的隧道,开了足足十来分钟。也就是说,虎头打我电话的时候,我正处在云贵高原某座大山的腹地。

虎头在电话里说弯弯出事了,我吃了一惊,还没来得及问出了什么事,手机信号就中断了。直到列车穿出隧道,我才回拨了他的电话。虎头骂骂咧咧地接通电话,问我怎么回事。我说,信号不好。虎头说,弯弯没了,刚刚的事。我急忙问出了什么事,虎头深吸了一口气说,弯弯跳楼了!听到这个消息,我整个人都不好了。

不止是他,我的头皮也开始发麻。弯弯不是个容易走极端的人,他的女儿还这么小,而他又是个典型的女儿奴，人间有太多让他留恋的东西，怎么可能说撒手就撒手？虎头说，他肯定选过日子，今天刚好是他生日，四十岁的生日。

我和虎头在电话两端陷入了长时间的静默。

事后，我才知道，这天不仅仅是弯弯的生日，也是他的结婚纪念日。料想这一天是他早就选定的日子，他用这种方式来结束自己的生命，似乎是为了让活着的人记住他。

弯弯是我最好的朋友之一，当年我、虎头和他都在歌舞剧团，我们业余组了个乐队，在三江的各个酒吧里流窜。弯弯是主唱，主唱有一种天生的魔力，无论在什么时候，他都感觉身边有一支乐队围绕着他。相比于他，我和虎头在演出的时候都习惯躲在幕后，即使是 solo 的时候，我们也不太走到前台去。

弯弯外形俊朗，一米八的个子，一头长发，在二十多岁的时候，想跟谁好就跟谁好。那时候，我们都住在歌舞剧团的单身宿舍楼，他经常抱着一把吉他，坐在天台上唱歌，跟百灵鸟求偶似的，唱的次数多了，整幢楼的姑娘都注意到他，所以他的宿舍里从来不缺姑娘。这一点，让我和虎头都很羡慕，虎头还暗暗地嫉妒过一段时间，说什么好事都落到他头上。我说，你人没他帅，嗓子没他好，就得认这个现实。事实上，虎头也仅仅是发发牢骚，我们各自对彼此的关系都看得很重。

三个人里我最先结婚,然后是虎头,最后结婚的是弯弯。回想起来,好像结婚是分水岭,我们三个本来好得无话不谈,但自从结婚后,大家的话都少了。三十二岁那年,弯弯突然找了个其貌不扬的姑娘闪婚了。那姑娘叫阿阳,在体育馆上班,除了身形修长,看不出有什么魅力。我和虎头都想不明白,阿阳究竟有什么能耐,能把浪子弯弯给收服了。

阿阳把弯弯看得挺紧的,我们聚在一起的时间并不多。每次看到弯弯,他都是一副萎靡不振的样子,似乎对于早早成家有点后悔。但这也只是我们自以为是的猜测,弯弯从来不说出来。乐队解散后,我们凑到一起,一直在谈论什么时候把它重组起来。可随着年龄大起来,这个念头也只停留在嘴上说说,实际上却离我们越来越远。三人尽量多碰头,似乎唯有这样,才能见证我们的感情。我也怀疑,这是不是一种青春伤逝的通病?

弯弯婚后第二年有了一个女儿,那段时间,他整个人的神采都不一样了。他说,有了一个亲生的女儿,作为父亲是最有成就感的。我们反问他,难道儿子就不行吗?他不屑地说,那怎么能跟女儿比?对父亲来说,跟女儿的这种感情,是任何情感都没法比的。从他结结巴巴的话语和认真执拗的神情里，能感受到这个女儿带给他的惊喜和欢愉，女儿奴一般都是这副德行。

回想起这些，眼前的意外变得荒诞和离奇，我再次跟虎头确认，你没开玩笑吧？虎头火冒三丈，他说，谁会这么缺德，拿这种事开玩笑？我说，这好像不是我们认识的弯弯了，像个别的什么人。虎头说，唉，是我们关心他太少了。我又问，到底什么原因，非要走这么极端的方式？虎头说，可能是抑郁症吧，前不久刚碰到过他，人瘦得脱了形，话很少，还有点疑神疑鬼的。

我没有说什么，想到一般自杀最终都会归咎于抑郁症。前不久，弯弯给我发过微信，他问我三江小学哪个老师比较好，他女儿下半年就要去那里上小学了，想找一个好一点的班主任。我把当时带过我儿子的老师介绍给了他，他问我那个老师好在哪里。我说比较严厉，纪律抓得牢，数学的教学水平也挺高。弯弯不屑地说，就那点加减乘除，谁不会教？我说你别小看小学老师，他们都有一套自己的本领，再说，自己的孩子自己教，会听你吗？弯弯很无奈，他说，一个人最终还是要靠自学，他最看重的是学习能力的培养。我们都是从学校出来的，回想一下，学校教的东西能用上的少之又少。他说，他学过微积分、线性代数、数理统计等等，那些东西后来对他来说毫无用处。我说，学校教育没那么功利，孩子这个年龄总得学点东西，也许现在看看没用，说不定哪天就用到了。弯弯突然就愤怒起来，他抨击了现在的教育制度，觉得现在的教育体制有严重的问题，就是把全社会的孩子集中起来，制定一个规则，然后大家玩一个十几年都结束不了的游戏，游戏散场，发现自己一无是处。我说，话不是这么说的。弯弯说，那该怎么说？几亿小孩玩一个游戏，玩十几年，你不觉得荒唐吗？我开始缄默，知道再说下去会起争执。

回想起来，弯弯那时候好像变得特别焦躁，以前他不是这样的人。我看了一眼窗外，列车在高架上飞驰，陆地在脚下离得很远，两边的山脉不停地往后奔跑。据说高铁的窗户玻璃用了特殊材料，能延缓视觉，但还是能感受到风驰电掣的速度。虎头在电话里说，你赶紧过来吧。

我本来是应昆明的朋友邀约，去参加一个音乐节的，也不好意思跟虎头说。我知道，大家私底下还是会做一些跟音乐有关的事，都偷偷摸摸地进行，一旦在音乐场合上不期而遇，没法再藏着掖着了，只能故作惊讶地相互说一句："这么巧？"这大概就是生活带来的改变，回不到当初，只能怀念当初的纯粹。

我取消了这趟行程，准备下一站就下车。在手机上订好了回程的车票，跟主办方说明了缘由，对方也通情达理，同意了我的请求。我望着车窗外陌生的崇山峻岭，想着千里迢迢赶来参加音乐节，眼看着到了门口，又掉头回去，心里突然莫名地轻松起来。

列车缓缓地驶入站台，我拉着行李箱出了车厢，看到站台上竖着的地名——关岭，觉得这地方名字起得好传神，生活总是充满了各种可能性，如果不是弯弯出事，我可能一辈子都不会在这里停留。站台上行人稀少，阳光却很好，穿过峡谷的风带来了一股凉丝丝的寒意。

我在站台上点了一支香烟，下车的旅客很快都消失了。站台上穿着制服的工作人员远远地吹着哨子，示意我不要在站台上停留太长时间。我拉着行李箱慢吞吞地往中转的过道上走，后面的哨子又响了，短促而频繁，赶人的意味很明显。我脚下加紧了几步，忽然有些恍惚，弯弯离开这个斑斓的世界，去了哪里呢？人没了以后，意识是否就荡然无存了呢？想着想着，虚无感就侵袭而来。

推着行李箱进了候车室，我发现那里实在有些简陋，总共就二十来排座椅，候车室虽小，但也显得空空荡荡。这里大概是少数民族地区，我看到了好几个穿着少数民族服饰的人，也不知道是哪个民族。少数民族的服饰总让人一眼就区别出来，衣服的布料和纹饰制作都花了时间，还有哐当作响的银饰，穿在身上显得极其复杂。

离发车还有一个多小时,我靠在座椅背上,看着墙壁上的电视,央视的新闻频道在播放黑洞的新闻,说最近外国科学家用望远镜拍到了黑洞的照片,这是人类历史上第一次拍到黑洞,照片不太清晰,一个橙色的背景下有个模糊的黑点,跟想象中的黑洞差不多。

一条新闻播完了,后面是一连串有关黑洞的科普知识,还介绍了那几架发现黑洞的射电望远镜,说这次发现的黑洞离地球很遥远,相当于从纽约用望远镜看巴黎街头的一份报纸,是真正意义上的千里眼。

候车的过程百无聊赖,候车室里的小超市我里里外外逛了三遍,里面都是印着特产字样包装的食品,好多东西都是辣的,看到那个辣味的颜色我就会冒汗。其间,虎头发来了讣告,弯弯的遗体告别仪式在第二天上午九点举行,地点在殡仪馆的松鹤厅。随后,他又问我什么时候可以到。我说人在外地,赶回去得晚上了。他也没细问,说到了跟他联系。

回到三江,已经晚上八点多,我叫了辆出租车,直接去了殡仪馆。夜晚的殡仪馆有点凉,虎头出来接我,他穿着一套黑西装,里面的衬衣纽扣松了好几颗,显得凌乱而暴躁。他走路带风,一见面,就递烟给我,说先抽几口再进去。

点了烟,他猛吸了几口说,弯弯抱着必死的决心,从天台上跳下来,而且是头朝下的,那么帅的脸已经不能看了,只给阿阳看了最后一眼,他也没见上,遗体已经被包裹起来入殓了。我问,阿阳在里面吗?虎头点点头说,自始至终没见她掉过一滴眼泪,没想到她是这么铁石心肠的女人。我说,那也不一定,有些人遇到大事,反而就蒙了。虎头说,阿阳和她妈妈完全反着来,一个寡言,一个絮叨。她妈妈逮着人就说,弯弯前一天还好好的,一家人还包了汤圆,那些汤圆都在冰箱里冻着。包汤圆的时候,弯弯还说等放假了,想带女儿去迪士尼乐园玩……她太会念叨,他受不了,出来躲会儿清净。

我忽然浑身一激灵,问虎头,他们女儿来了吗?虎头摇摇头说,现在瞒着她,怕她受刺激,毕竟才刚刚上小学。我叹了口气说,不知道能瞒多久,这年纪已经懂事了。

我们坐在台阶上,话越来越少,香烟蒂头扔了一地。忽然有个保洁阿姨提着扫把和畚斗快步走过来,我以为她会发牢骚,没想到她面无表情,飞快地扫干净我们跟前的烟蒂头,又悄无声息地快步离开了。

我说,不抽了,太苦了。

随后我们去了灵堂,里面只有稀稀拉拉几个人。弯弯的老家在江西,他在三江也没什么亲人,那些大多是阿阳的娘家人。灵堂中央停放着一口棺材，一排花圈靠墙而立。阿阳坐在最里面，她很镇定，看到我和虎头，站了起来。我赶紧上前握了握她的手，宽慰了她几句。阿阳红了眼眶，转头招呼我们坐。

我跟她说，有什么事尽管吩咐我和虎头，弯弯的事也是我们的事。她轻轻地说了声谢谢。我又说，如果女儿这几天没人照顾，就送到我家里去，反正跟我儿子也熟，让我老婆照顾一段时间。她怔了一下，说没事，由阿姨照看着。

过了一阵，我才小心翼翼地问，弯弯怎么突然会想不开？她说，是啊，前几天还好好的，不光对孩子百依百顺，对我也特别好，处处顺着我们，跟换了个人似的，谁能想到会这样。我心里一惊，看来弯弯早已有了这么个可怕的念头，可惜连她也没有觉察到。

我又问，弯弯家里人通知了吗？她说，家里也没什么人了，他爸爸那里已经打电话过去了，正在赶来的路上，估计快到了。说到这里的时候，她紧绷的肩膀突然松了一下，用双手捂住了脸，接着低声啜泣起来。

随后，阿阳的妈妈快步走过来，抱住了自己的女儿，两个人抱头痛哭。阿阳的妈妈也许是上了年纪的关系，哭的动静特别大，边哭边拍大腿。她抱着阿阳，冲着棺材哀号,你留下她们孤儿寡母,让她们怎么过?你好狠心哪!……我们在一旁也跟着唏嘘不已。

弯弯的爸爸到得比较晚,已经过了凌晨,守夜的人们都有了困意,好几个亲戚已经坐在椅子上睡着了。弯弯的爸爸个子不高,看上去七十多岁,在他侄子的陪同下走了进来。我看到阿阳站起来,叫了他一声爸爸。随后,阿阳妈妈的哭声开闸泄洪般地响了起来。老人的眉眼之间布满了凄苦,但他没哭,只是嘴唇哆嗦得厉害。

我和虎头把他搀扶到了椅子上,扶住他瘦弱的胳膊的时候,我才感觉到老人的身体也在微微地颤抖。他整个人都显得无所适从,对这里的每个人都很客气,但能从那生分的客气中感受到他还有点惊惧。到这个陌生的异地,他也许怎么也想不到,竟然会是给他的孩子送行来的。他的眼睛死死地盯着已经合上的棺材,也许他还在怀疑,那里面躺着的究竟是不是他的孩子。但他终究没好意思开口,说让他看最后一眼。

等老人的情绪平复了一点,有人出去买夜宵,没多久就回来了,说附近很荒凉,没有营业的饭馆,只买回了一大堆桶装泡面。好在殡仪馆二十四小时供应开水,大家开始胡乱地拆包装,接开水,然后又大声地吃泡面。也奇怪,吃到热辣的泡面竟然也很满足,身上暖和了一点,大家的情绪也跟着轻松起来。

熬到天快亮了,陆陆续续有灵车开进来,伴随着零星的哭声,喧闹一阵又迅速恢复宁谧。黎明前的这段时间太安静了,大家好像连话都懒得说,似乎打破宁静的氛围是件让人羞耻的事情。

第二天上午,来了很多给弯弯送行的人,有很多都是我和虎头的熟人,有的已经好久未见,碰到了难免要寒暄几句,一时间有了种在社交场合的错觉。

追悼会进行得很顺利,结束后,送行的亲友有些先行回去了。就在殡仪馆的工作人员准备把弯弯的遗体推进去火化的时候,人群突然微微地骚乱起来。我挤了进去,原来是弯弯的爸爸提了个离奇的要求,希望弯弯火化后,能让他把骨灰带回江西老家。阿阳的妈妈很生气,她异常激动,斩钉截铁地说,墓地都买好了,不能带回去。弯弯的爸爸看上去很无奈,看到这么多双陌生的眼睛看着自己,他大概从来没有经历过这么大的场面,脸上露出了胆怯而又纠结的神情,转头跟自己的侄子说了一堆我们听不懂的方言。

我过去劝他,说,弯弯在这里成家了,孩子也有了,再说墓地也买好了,就让他留在这里吧。老人纠结了好一会儿,不停地啜嚅着,那声音既像叹气,又像哼哼。但看得出来,他的精神极度困顿,仿佛要背过气去。过了一会儿,他说,留在这里也行,能不能让我带他回趟家,再过来下葬?我愣住了,为什么要这么复杂呢?老人说,我想带他认认路,想家了,可以回来看看我。

大家都愣住了,阿阳突然开导起了她妈妈,说,那就让他回去一趟,爸爸都这个年纪了,不要拂了他的心愿。阿阳的妈妈似乎还在生气,让人感觉她在意的不是这件事,好像是对弯弯的爸爸这个人有气。阿阳说,都到这个地步了,不要争了,他要是活着,也不希望看到你们吵嘴。顿时,我对阿阳的印象有了改观,关键时刻能看出一个人的品性,而在这个时候,往往受过教育的年轻人会比年长者更懂得体恤,也深明大义得多。

遗体火化终于放行,大家也都平静了下来,陆陆续续地去往家属休息厅等候取骨灰。火化需要一个多小时,大家都坐在椅子上静静地等候。休息厅里有电视,还是新闻频道,还在放黑洞的新闻。恍惚间,我觉得过了两个一模一样的午后。虎头盯着电视屏幕跟我说,黑洞真是个可怕的东西,什么东西都能吸进去,连光都逃不出来。照这么下去,最终黑洞会不会吞噬所有的一切?这太可怕了!我笑了笑说,你担心得有点多,到那时候,你我早就不在了。你不觉得黑洞跟死亡很像吗?虎头频频点头说,就是这感觉,你说弯弯会不会去了黑洞?

我也盯着电视屏幕,电视上在说,在黑洞的边缘连时间和空间都会折弯,质量大得惊人,一调羹大小的暗物质比几十万个太阳还重。我一激灵,跟虎头说,它可能是连接两个平行世界的通道,我们在黑洞这头,是一个光亮的世界,弯弯在那头,是另一个光亮的世界,只是我们现在暂时看不到他了。

阿阳从旁边走过来,我们自动停下了讨论。弯弯的遗体推进火化间后,她看上去轻松了不少。走到我们跟前,她停顿了一下,似乎有事情跟我们说,但一副欲言又止的样子。我看了看手机,才过去半个小时,问她有什么事。阿阳一脸羞涩,她说,骨灰出来后,能麻烦你们陪弯弯去一趟江西吗?她停顿了一下说,也不用都去,有一个人陪同就行。我看了一眼虎头,他也在看我,那一刻,我有点纠结,不知道该为自己表态,还是为我们俩表态,我吃不准虎头是否有其他要紧的事。虎头举了一下手说,理所当然,我马上安排。我赶紧说,我也可以,刚好带着行李,只要跟家里说一声就行。虎头说,我也不用回家收拾行李了,换洗的衣服我都带了。阿阳非常不好意思,说,本来应该由我陪爸爸回去,但颖儿还在家里,我放不下心。我们异口同声地说,你管好家里。

交代完这件事，阿阳像放下了一桩心事，她又走过去跟弯弯的父亲嘀咕了一阵，老人家还是一副诚惶诚恐的样子，人群里只有他自始至终保持着一副愁眉不展的样子。我和虎头也坐了过去，倒是老人家的侄子，一刻不停，前前后后张罗着一堆杂事。

我们从窗口接了弯弯的骨灰，骨灰由一只塑料袋装着，还带着余温，但看上去不多。据说这是殡仪馆的惯例，工作人员只象征性地捡一点，剩余的就集中处理了。也没人计较这些，到了这个地步，似乎什么都变得无所谓了。

我们用盒子装好了骨灰，外面用红布扎好，边边角角都包了起来。然后，有人上来撑伞，一直把弯弯的骨灰盒护送进了灵车。当灵车司机得知不去公墓，改道去火车站时，他显得很惊讶，喃喃自语了好一会儿，说这倒是从来没遇上过。

和阿阳的家人告别后，灵车上就剩下了我、虎头、弯弯的父亲和他侄子四个人。灵车开出了很远，司机突然问我们，带着骨灰盒，上火车没问题吧？我们这才反应过来，连忙打电话问相关的朋友，朋友在电话里说，按照规定是可以上的，但要过安检，旅途中得带好，最好外面的包装扎得结实一些，不要让别人看到，毕竟大家都忌讳。

我们一路战战兢兢，心里还是没底。到了火车站，过安检的时候,我们提前告诉了火车站的工作人员,安检的人吓了一大跳,随后仔细地盯着安检的屏幕,看了老半天,他确定没有问题,才放我们进了候车室。

从坐上火车开始,就有一种异样的感觉跟随着我们。我们一共四人,座位分成两排,弯弯的爸爸和他侄子那一排是三人座,巧的是靠里面的那个座位自始至终都空着。起初,弯弯的堂弟紧紧地捂着骨灰盒,随时等着那个座位的主人挤进来。他个子很小,骨灰盒里外三层,包得像个炸药包,这让他那紧绷的模样略微显得有些滑稽。直到火车开动,他才松开手上的骨灰盒,放到了那个空着的座位上。那种怪异的感觉逐渐明晰起来,仿佛弯弯也在场,只是他一直安静地坐在那里。

车速骤然间提升了,能听到电流带来能量的转换声,车窗外的一切都奔跑起来,远处的田野在平静地移动,近处的房屋和隔音栏变得模糊,迅速地掠过车窗,甩向身后。

开了一段路后,弯弯的父亲和他侄子站起来,换了个座位,变成弯弯的父亲坐中间的位置,他把一只手搭在弯弯的骨灰盒上。这时候,漂亮的列车长走了过来,好像每段旅程伊始,她都有这么一次巡视。她看到摆在座位上的包裹,提醒弯弯的父亲,让他把行李放到行李架上。我看到弯弯的父亲一下子紧张了起来,到这会儿我才有些后悔，应该多买一张车票，给弯弯单独留一个座位。我连忙站起来，轻声跟列车长说，那是老人家儿子的骨灰盒，请你理解一下。列车长的脸一下子红了，但马上镇定下来，冲我们轻轻地微笑了一下，然后往别的车厢走去。

一路上，我们都没怎么说话，似乎聊天会干扰到弯弯认路。到了上饶站，下了火车，又换乘汽车，前后换了三趟，从五十座的大巴变成十来座的中巴，一路颠簸，开到一个小镇上才停下来。弯弯的堂弟看着我和虎头一脸疲惫，说，不好意思，地方有些偏远，接下来有车来接我们。说着，他拿出手机，打了个电话，一辆面包车开了过来。车门打开，下来几个大爷大妈，他们一下车就哭。这会儿，弯弯的父亲也老泪纵横，他被人扶住，上了那辆面包车。

最后一段路，弯弯是被老家的人迎回去的。到了家里，暮色降临，匆匆地扒拉了几口饭，弯弯的老家人就张罗了一场法事。那天晚上，我和虎头因为连续两天没合眼，被早早地安排到房间休息。也很奇怪，起初困意很浓，躺下后却睡不着，听着楼下的嘈杂声，一直到了后半夜才迷迷糊糊地打了个盹。

醒来后，天已大亮，前一晚的人群已散去。我拉开窗帘，发现弯弯家的房子就建在山脚下，望出去满目青翠。外面刚刚下过一场雨，雨滴停留在窗沿的植物上，空气中有股清冽的味道。

洗漱完毕，下了楼，见弯弯的父亲像招待客人一样，招呼我们坐下吃早饭。江西菜偏辣，锅也辣，吃了几口，我和虎头都辣得满头冒汗。他在一旁慈祥地看着我们，嘀咕着说，这些菜都不辣的啊。我们尴尬地笑笑，改为喝稀粥。他看我们可怜，又拿来了一罐白糖，让我们拌着吃。

吃完早饭，弯弯的父亲跟我们说，外面刚下过雨，他准备上山去挖点蘑菇。我心里一愣，他似乎已经忘了我们来的目的，也不提什么时候让我们带弯弯的骨灰回去。他说着，提着竹篮和小锄头就出门了，剩下我和虎头在那里发愣。

我转而开始找弯弯的骨灰盒，好在他没藏起来，就摆放在堂屋的里间，前面点着蜡烛，骨灰盒的后面多了一张弯弯的遗像，英俊帅气，跟活着的时候一模一样。虎头也纳闷，他说，我们不是做客来的啊，什么时候可以回去呀？我说，既然来了，也不急于这一会儿了，等他回来，我们就走。

临近中午，人又开始多了起来，那些消失的人又逐渐回来了。随后弯弯的父亲也回来了，他采了不少蘑菇，竹篮里已经盛不下，手上多了一只塑料袋，里面也装满了蘑菇。他把竹篮交给了烧菜的厨师，自己转身进了里屋。

那天中午，发生了一件让我和虎头始料未及的事。弯弯的父亲吃了他自己采回来的蘑菇后中毒了，他瘫坐在椅子上，口吐白沫，脸上挂着奇怪的微笑。听他侄子说，这已经不是他第一次误食毒菇了，弯弯的母亲刚走的那段时间，他也经常这样，不过好在这种蘑菇毒性不强，吃点当地的草药就能化解。

虎头不解，说，这蘑菇大家都吃了，怎么就他一个人有反应？弯弯的堂弟说，虽然它们看起来形状差不多，但仔细分辨还是不同的，弯弯的父亲给大家采的蘑菇都没什么问题，有问题的都留给了他自己。我们很困惑，为什么他明知有毒，还要吃呢？是因为儿子走了，他也不想活了吗？弯弯的堂弟笑了笑说，这东西能致幻，吃下去后或许能看到自己想看到的人。之前，弯弯的母亲过世后，他父亲曾经吃这个毒菇上了瘾，是家里人强制不让他吃的。这次大家一时疏忽，他又吃上了。

当天下午，我和虎头就带着弯弯的骨灰返程了，趁着弯弯的父亲意识模糊的时候，我们在他堂弟的护送下，悄悄地离开了那里。从内心感受来说，这像一次趁乱溜走，也像一次撇清麻烦的溃逃。我总有一种忧虑，担心弯弯的父亲清醒的时候，他不会让我们带走弯弯。亲情总是最难割舍的东西，直面生死离别，谁也没有勇气去生拉硬拽。

安葬完弯弯后，照理说，这件事就结束了。伤痛随着时间流逝，自然会慢慢弥合，成年人总有一套自愈的办法。我唯一担忧的是弯弯的女儿，一个刚上小学的孩子，当自己的爸爸从生活中消失了，她该怎么办？也许阿阳会告诉她，爸爸去了一个遥远的地方，要很久才能回来。可这个谎言能维持多久？如果某一天，长久而结实的现实撞上摇摇欲坠的谎言，那么她该如何面对？时间拖得足够长，真的能化解那锥心的伤痛吗？

即便我时时想到这个问题，但我也不敢去过问阿阳。我总觉得，像我、虎头，还有其他弯弯的故人再次出现在阿阳的生活中，对她来说又是一次往事重提，也许她压根儿不想再见到我们。但如果她需要我们的帮助，我觉得随时随地都可以，前提是她主动找上我们，这也是我和虎头的共识。

事实是阿阳再也没来找过我们，就这么过了两年。有一天，虎头打电话给我，他气急败坏地说，你知道吗？阿阳生孩子了。我简直不敢相信自己的耳朵，愣怔了一下后问，她改嫁了吗？虎头说，听说没有再婚，但居然又生了孩子。我惊讶不已，问那是谁的？虎头说，谁知道呢，从时间上推算，弯弯走了不到一年，她就和别人好上了，不然也不可能现在又生孩子。也许她和那个人好上的时间更早，说不定弯弯知道这事，不然弯弯不可能抑郁，更不可能自杀。弯弯是什么样的人，你又不是不知道，我们在一起时他多么单纯，胆子也很小，不可能做出这么极端的举动。

我感到脑袋一下子大了，我说，这件事你先别乱猜，毕竟她们孤儿寡母生活也不容易。虎头很激动，他说，难道弯弯就不无辜吗？现在的事实是她已经生下孩子，而且听说这个男的也不是个东西，有自己的家庭，不肯离婚，也不认刚出生的小孩。

我说，不行，我得当面去看看，不然心里的疙瘩解不开。虎头也想跟着去，我说，你太冲动，我先去探视探视，回来再跟你说。

找到那家江边的月子中心时，我恍惚了好一阵。月子中心有五层，建筑是城堡的模样，外墙刷上了粉、卡其、明黄等色块，让人看一眼，自然就联想到了孩子。记忆中这个地方不是月子中心，但原来究竟是什么，我绞尽脑汁，还是想不起来。改头换面似乎有这种神奇的功效，它现在的形象过于鲜明，一旦凸显出现，就能覆盖过往的记忆。

进去之后，我才知道这是一家高档的月子中心，前台有接待人员，形象和声音都非常温柔。我报了阿阳的名字，前台小姐帮我查了房间号，又让我在登记本上留下了联系方式和姓名,之后又递给我口罩,说这是月子中心的规定,探视产妇和初生婴儿,都得做好必要的防护。

阿阳住在五楼靠东的第一间。推门进去,里面就两个人,都穿着睡衣,一个是阿阳,另一个面生,大概是月嫂。房间的窗帘拉上了,只留了条缝隙,室内的光线有点暗,床的旁边放着一个保温箱,开着紫外灯。我的到来,让阿阳有些意外。我忽然意识到自己不请自来的闯入,可能会让阿阳感到被冒犯。我说,我来看看你和宝宝。说着,我把手中拎着的尿不湿和婴儿装放到了床边。

阿阳不响,低头搅拌着一碗刚煮好的馄饨,气氛略微有些尴尬。突然,阿阳跟月嫂说,阿姨,你出去一下,我有话跟他说。月嫂很识趣,她说,那你们聊,有事打我电话,我就在楼下逛逛。她说着,拿起了放在桌上的手机。我看着她从我身边掠过,脸上带着一丝不易觉察的微笑,似乎撞见了不该看到的场面。

月嫂关上门,阿阳把窗帘拉开了一半,房间瞬间亮堂起来。她把靠窗的保温箱推到了床的另一侧,远离了光线。我问她,黄疸有些高吗?她点点头说,是的,现在好多了。她俯下身去仔细观察孩子,发现他依旧睡得很香。她忽然轻轻地笑了一下说,有点好笑,阿姨把你当成孩子的爸爸了。

我愣了一下说，他没来过吗？阿阳拉下脸说，不需要，我们现在跟他没有关系。她说着，要给我倒水，说这里没茶叶，也没咖啡，只能喝点白开水。我说，不用忙，我不渴。她就从旁边的水果篮里挑了几个砂糖橘，放在桌上说，那吃这个吧。

阿阳回到床边，吃了几口馄饨，她说，你感到好奇吧，我也没结婚，怎么又生了个孩子？我尴尬一笑，不可否认，这是我来的目的，不光是为了解开自己心中的疑团，也是为了过世的弯弯，我似乎有义务了解一下事情的来龙去脉。但我又不能把话挑明，对于别人的生活，作为旁观者，我们可能永远不能抵达他们的内心深处。

阿阳继续搅拌着碗里的馄饨，显然她的心思已经完全不在吃上。她冷笑了一声说，弯弯走后，你知道我有多苦吗？颖儿到现在也不知道她爸爸已经没了，还经常问我，爸爸什么时候回来。每过一段时间，我就努力鼓足勇气，想告诉她真相，但一看到她，那些到嘴边的话就咽回了肚子里，我真的不忍心让她接受这么残酷的事实。可总有一天，她还是得面对这个现实。

我说，我理解你，你们生活得太不容易，还有弯弯在世时，对女儿太宠爱，他怎么突然狠心做出这么极端的决定？他难道不想想你们的女儿吗？

阿阳看了看我说，其实你们都不知道，他之前动过一次肛瘘的手术，但手术失败了，这给他的生活造成了很大的影响。他是多么光鲜的一个人，这些事情他也不会跟外人说。有时候化脓流血，他就突然急急忙忙跑回家换裤子，连裤子都不让我碰，都是他自己洗的。那些看起来微不足道的事情，在他看来就是天大的事，事关他的尊严和体面。

原来还有这么回事，我这才恍然大悟，说，就不能去北京和上海的医院看看吗？阿阳摇摇头说，都去过了，所以他才会绝望。你们都不知道，他长期失眠，抑郁症很严重，也一直在吃药，但没见好转。

我说，在这一点上，弯弯还是自私了，他应该想想你们，再不堪也得坚持下去。阿阳叹了口气说，对患上抑郁症的人，也不能以常人的思维去思考。回想起来，他最后的那段日子有点反常，对每个人都很好，似乎是他刻意而为的。

我也叹了声气说，他对别人都好，唯独对自己不够好。

阿阳说，他走了以后，家里就没有男丁了，连气味都不一样了，空气中到处是颗粒漂浮的虚无感。就像一个屋子拉严了窗帘，本来他是一盏微弱的灯火，忽然熄灭了，只剩下无边无际的黑暗，压得人喘不过气来。说出来也不怕你笑话，我本能地想找个男人。那种蓬勃的欲望让我自己也很吃惊，它是那么清晰而强烈，我想可能是因为害怕。

我看了一眼熟睡的婴儿说，于是你找了那个人？

阿阳的脸红了一下，她说，其实当初是说好的，我并不需要他承诺什么，我知道他有老婆孩子，他也不可能离婚。我们在一起后不久，我就怀孕了。我这次的妊娠反应很大，跟怀颖儿的时候很不一样，很快被我妈看出了其中的蹊跷。她问我，孩子是谁的？我不肯说。她就开始咒骂他，说如果连个面都不敢见，这样的男人是靠不住的，建议我及时打掉孩子。我怎么肯呢？生命带来的悸动，也给我的生活带来了期待，更为可喜的是颖儿的变化。她之前经常问我，爸爸什么时候回来。问了几次无果后，她也开始变得沉默寡言，但看到我的肚子日益隆起，她又变得活泼开朗了。似乎这在变相地告诉她，她爸爸应该平安无事。

她喝了口水，继续说道，其实反过来说，这种情形特别符合颖儿的期待，妈妈肚子里怀着她的弟弟，而并没有陌生男人闯入我们现在的生活，那个远方的爸爸等于没有消失。颖儿重新焕发了生机，但随着日子过去，我的心理又有了变化，开始确实不需要他承诺，一旦有了孩子，我就开始期待他离婚，和我重建一个家庭。男人和女人的差别就在这里，他从头到尾都很冷血。我问他，孩子怎么办？生下来，他总得有个爸爸。他说他不想我生，是我要生的。大吵了几次后，我彻底绝望了。我想，我怎么那么糊涂，又是一个没有父亲的孩子。这样的结局，我尤其接受不了。那段日子，我怀疑自己得了严重的抑郁症，经常不知不觉地走到弯弯跳下去的天台，真想闭上眼睛一了百了算了。

我仿佛看到了那个惊悚的场景，天台上寒风猎猎，一个挺着大肚子的孕妇摇摇欲坠地徘徊在危险的边缘。

阿阳说，那段日子就是一个巨大的黑洞，我真的感觉要被吸进去，进入无底的深渊。你可能不会知道，是谁在紧要关头救下了我。

我愣了一下问，是谁？

她温柔地看了一眼保温箱，说，是他，还有颖儿，我的两个孩子。

我这会儿才凑近了保温箱，看到一个举着双手酣睡的婴儿。他似乎在做梦，抿着嘴唇微笑了一下。他是如此娇弱，每一处皮肤都是粉嘟嘟的，瞬间让我的内心也跟着柔软了起来。我说，他好可爱啊，名字取了吗？

阿阳努了努嘴，我看到保温箱的外面插着一张医疗卡，上面写着孩子的名字：边思权。那一刻，我触电似的哆嗦了一下，弯弯的大名就叫边正权。边是一个小姓，这绝不可能是一个巧合。

阿阳说，当然了，那个人不姓边，我得让儿子跟弯弯姓，他就是我和弯弯的儿子，更重要的是，他是颖儿的弟弟。有一次，当我站在天台边缘的时候，背后突然传来了一声"妈妈"，我一惊，回过头去，看到了穿着睡袍的颖儿。弯弯跳下去的地方其实是个露台，要到达那里，须要走过一截横梁，横梁是悬空的。颖儿叫了我一声，然后向我奔跑过来。我冲她喊，不要过来，危险！她却像一只蝴蝶一样，轻盈地掠过了悬空的横梁。我一把把她抱在怀里，你知道她跟我说了什么吗？

我静静地等待着她的讲述。阿阳说，其实她早已懂事了，她跟我说，妈妈，以后我再也不问你爸爸什么时候回来了。当时，我的眼泪夺眶而出，她像只受惊的小鸟，在我的怀里瑟瑟发抖，但我确信，只要我跳下去，她也会跟着我跳下去。我忽然间惊醒过来，相比于那个微不足道的人，我还有两个可爱的孩子，他们更需要我。那一刻，我感到浑身都软了。

我万万没想到阿阳还经历了这些，我说真是对不起，没有在困难的时候帮到你们。阿阳笑了笑，看起来风轻云淡。

　　我从月子中心出来的时候，看到那个月嫂在楼下晃悠，一副随时等待召唤的样子。她也同时看到了我，松了口气说，你们聊完了？那我上去了。

　　正是中午，太阳晃得人睁不开眼，我又想到了黑洞。据说，黑洞在遥远的过去也是一颗太阳般的恒星，只是它在结束生命后坍塌了，变成了另一种模样。这是两颗不同形态的恒星，一个是现在，另一个是未来，隔着遥远的距离，它们相互凝视，像是我和弯弯。

　　我掏出手机，拨通了虎头的电话，虎头在电话里迫不及待地问，怎么样了？我说，别操这个心了，两个孩子都是弯弯的。虎头惊讶不已，他说，真的假的，怎么回事？我说，这个回头细说。

飞机光临鸦雀窝

小时候，有个小伙伴，我们都喊他小米。小米应该是他的奶名，他的真名叫什么，我忘记了。就像我，他们都喊我煤油麦饼，叫得时间长了，连煤油两字也省了，麦饼就成了我的代号，那个正儿八经的名字早弄丢了，偶尔被提起，连自己也感到陌生。

小米是个遗腹子。在我小时候，偶尔会听到这样的传言，说有个货郎来我们鸦雀窝，经过小米妈妈家门口，货郎担停放了很长时间，后来那个货郎摇着铃铛消失了，几个月后，小米的妈妈肚子大了起来，之后小米就出生了。这个传言给我的童年带来了很大的阴影，后来我一看到鸡毛兑糖的老汉拔腿就跑，甚至看到卖冰棍的小贩也远远躲开，我总觉得他们身上藏着机关，一抖搂就可能放出一个孩子来。

小米的身世成谜，让大家觉得他显得不太一样，好像和我们不是同一类人，因此很少有人跟他玩。小米常常从家里偷出番薯、蚕豆给我们吃，极力地讨好大家，可结果还是谁都不愿意跟他走得太近。我以为这是他身世的原因，但后来孩子王赵林又说了一件事，让我觉得他被孤立有另外的原因。

那天，天空中传来了飞机的轰鸣声，我们不由自主地抬起头，在天上寻找飞机的踪迹。这是我们小时候自发的爱好，但凡天上有飞机飞过，我们都会放下手中的一切，寻找那个亮闪闪的光点，不厌其烦地一次次比较哪架飞机离地面最近。小时候，我有个最大的心愿，就是飞机能一头栽下来，如果那架飞机上坐着一个漂亮的姐姐就更好了，比如《新白娘子传奇》中的白娘子，不是白娘子，小青也行，法力无边的她们笑吟吟地从飞机里走出来，我铁定会把她们接回家，让妈妈给她们做好吃的。可是要飞机掉下来太难了，这个心愿一直都没实现过。我们所处的地方大概离飞机场很远，每次飞机都飞得很高，有时候只听到轰鸣声，找不到飞机的踪影。夏天的时候，尤其在傍晚，天空中常常会有一道笔直的云，我们认为那是飞机走过的路，可那条路上从来没有飞机再次飞过。

飞机光临鸦雀窝

那天轰鸣声传来的时候,我们正在田野上玩泥巴,秋高气爽的蓝天如同一个透明的玻璃罩,笼罩着静止的村庄和田野,时间仿佛睡着了。轰鸣声由远及近,我们都站了起来,朝明晃晃的太阳张望。赵林对光敏感,连续打了好几个喷嚏,眼泪也流出来了。我们觉得好笑,但都忍住了没笑。

飞机被我们找到了,是一架白色的客机,形状像个小树丫。等它在天空中留下一条白线后,赵林跟我们说,上次他看到了一架更大的飞机。我们都很好奇,问究竟有多大呢?赵林说,能看清楚飞机上的窗户,还有红白相间的尾巴。

他这么一描述,我们的心脏就扑通扑通乱跳。赵林又说:"那天的飞机出毛病了,不然不会飞那么低,我看到它的翅膀微微地震动了一下。那天我带着冲锋枪,都不敢朝它开枪,怕一开火,它就被打下来了。"

我们听得紧张起来。平日里,我们都喜欢拿着玩具枪朝飞机开火,没有玩具枪的伙伴也会用手比画成一把枪,模拟打飞机,嘴巴中发出各种各样的枪炮声。赵林说,平常我们看到的飞机顶多是只燕子,那天他看到的是只老鹰,而且是翅膀受伤的老鹰,差一点掉落到地面上来。

我们的心跳提到了嗓子眼上,没想到赵林说:"本来我早就想告诉你们了,但被人扫了兴。那天一同看到大飞机的还有小米,这个没有爸爸的家伙,竟然还跟我争论飞机有多少扇窗户,我说十二扇,他偏要说十五扇!"赵林突然有些激动,让大家惊愕不已。

赵林摸了摸嘴巴说:"你们猜,他有多不要脸?"我们都摇起了头,赵林翻了翻白眼说:"他竟然当着我的面声称他爸爸是开飞机的,说他爸爸为了来看他,故意把飞机开得这么低。"

赵林说着,大家都笑了起来。赵林也跟着笑,他说:"这还不算,后来看着飞机飞远了,他还对着天空连叫了好几声爸爸,太不要脸了。"

哄笑声热烈地响了起来,暴雨打树叶一般。赵林脖子上的青筋鼓了起来,他大声说:"这么大的飞机……怎么可能是他爸爸开的!"附和的声音大了起来,我感受到了大家的敌意。在大家早就习惯了小米的爸爸是一个货郎以后,他竟然敢说自己的爸爸是开飞机的,这确实有些不像话了。

这以后,我遇到小米也开始绕着走。小米被蒙在鼓里,有好几次跟我打招呼,我都没理他。他理解不了,为什么连我也开始躲避他。他从家里偷了一个梨出来,硬塞给我,我坚持不要,他就开始掉眼泪,这让我很为难。我接过他的梨,拿在手里,并没有吃。他又开始催我吃,说梨很甜。我问他:"你爸爸真的是开飞机的?"

小米愣了一下,倔强地点了点头,我大喊了一声:"吹牛!"

小米的眼泪开始像玻璃珠似的往下掉,但他好像并不打算让步,他说:"我爸爸就是开飞机的,他很忙,所以一直没来看我。我有一次坐过他的飞机,打开飞机的窗户,把手伸到外面,能摸到那些白云。"

我怔在原地,不知道该怎么回应他。虽然心里的疑团越来越大,但我失去了揭穿他的勇气。是小米的梨救了我,我在手里捣鼓了几下后,把梨塞到了嘴边,一口咬下去,满嘴的甜味把我包围住了,让我忘记了跟他争论。

这之后,我不知道小米有没有用同样的办法去收买别的伙伴,我确定自己并没有把这个谎言说出去。但不久后,谁见到小米都要调笑一句:"打开飞机的窗户,能摸到白云?"起初是一些比小米大的孩子,后来我们中的好多人都这么奚落他。小米每次都涨红了脸,一言不发,他看着那些取笑他的人,眼神中布满了怒火。

小米有很长一段时间没理我。我觉得他肯定误会我了,以为是我散布的消息。我好几次想跟他解释,但他看到我,扭头便走。

那年冬天,我经过小米家门口,看到一个陌生男人坐在他家里喝酒，小米蹲在门口玩一架塑料飞机。那架塑料飞机诱人极了，有一个红色的鼻子，一对鲜绿色的翅膀和通体明黄色的机身。小米拿着那架飞机，嘴巴模拟着飞机的轰鸣声。一看到我盯着他手里的飞机，他飞快地站起来，转身躲进了家里。

我听到那个陌生男人坐在他家里，高声大气地用绍兴口音说："我们绍兴冬天的时候阴冷潮湿，不吃饭没事的，但我们少不了一样东西，那就是黄酒，黄酒是我们绍兴人的命。"之后，我听到小米的妈妈轻声笑着："不吃饭怎么行，人都要吃饭的呀。"

"我们绍兴人不吃饭没事的。"

又是一阵哧哧的笑："不吃饭，人不会饿死吗？"

绍兴人的兴致低落了一下，仿佛回到了现实中，他说："不是还有菜吗？"

隐约间，我忽然明白过来，那个人大概就是小米的货郎爸爸，可是放在门前的货郎担呢？我满脑子都是小米手中那架颜色鲜艳的飞机，这个小气鬼，给我看看不行吗？那好，以后我和他再也不是朋友了。

我们从村里的小学升到了镇上的小学，又从镇小升入了镇中，到初二那年，小米突然和他妈妈搬去了城里。据说是他姨妈在城里开了个机械加工厂，需要帮手，他妈妈就把他带去了城里。

去城里之前，他特意跟我来告别。那时候，我们已经算半个大人了，好多原本以为重要的事情都变得不值一提，但小米执拗地跟我提起了小时候他爸爸开飞机那件事。我说："我一直没有机会跟你解释，根本不是我说的，我也不知道是谁说出去了，后来就开始疯狂地传播，害得你那时候读书也没心思了。"

他笑笑说："你以为我还在乎是谁说出去的吗？你不说，时间也会证明我撒谎了。我只是觉得当时那个谎言真漂亮，撒这样的谎是会上瘾的。"

我不明白他话中的意思，他却很快岔开了话题说："我知道你们那时候都在乎赵林的感受，小时候真可笑。"

我尴尬地笑笑，想到了小时候赵林威风的日子。那时候，我们每个人都围绕着他，他就是我们的太阳，似乎没有了他，生活就失去了方向感。等到我们长大了，才发觉什么都颠倒过来了。赵林的成绩出奇的差，在学校也经常挨老师的批评。他读完小学就辍学了，在家里帮他父母干农活，遇到我们，变得越来越客气。有时候，我怀疑自己，我们当时为什么要拥戴一个这么平庸的人？

我问小米："去了城里，你不会也不读书了吧？"

他看了我一眼说："当然要读。我姨妈已经帮我联系好学校了,我插班进去。到时候看中考成绩,如果还能上中专就继续上中专,上不了中专就在我姨妈那里工作了。我妈妈就是这么考虑的。"

那天,我们东拉西扯地聊了一下午。临别的时候,突然生出诸多不舍,他说等他到了那边就给我写信。我说:"写家里地址吧,寄到学校要被老师没收的。隔壁班的一个女生的信还被她班主任私自拆开看了,审核之后才交给她的。"小米厌恶地说:"这么恶心,那我也给你留我姨妈家的信箱地址。"那是我第一次听说信箱还有专门地址的。我们村里的信都是邮递员放在村口的小店里,去买酱油、老酒的时候,才顺便带回来。

小米去了城里后不久,给我来了信。他给我描述了城里人的生活,说他们班级里的人都穿一模一样的衣服,那衣服叫校服;城里的马路不能乱走,要看交通信号灯,不然会被车撞死;机械加工厂旁边的海马歌舞厅大半个晚上都在放音乐,男男女女在昏暗的灯光里搂搂抱抱,恶心死了。

他说没事的时候,他就骑上他姨妈的自行车在县城里瞎逛。他特别喜欢去看火车,火车站附近有一座高架桥,那座高架桥特别壮观,仿佛架在城市的屋顶上,从上面能看到整个城市的全貌,能清楚地看到进站和出站的火车。

他就站在那里数火车的车厢，一节一节的，数到眼花。高架桥下不远处还有一条大河，傍晚的时候，夕阳垂在蜿蜒的长河边，鲜红得跟橙子一样。他还听说离城区不远有个军用机场，他想抽空去看飞机。每次战斗机飞过头顶，声音比我们小时候听到的飞机轰鸣声大一百倍。

我觉得小米真幸运，他相当于去了一个崭新的世界，我们还在鸦雀窝晃荡，一切都那么无趣，感觉路上有几颗石子都了然于心。我给他回信的时候，就觉得无话可说，因为我的生活，他都一清二楚，而他的生活色彩斑斓。

临近中考，小米的来信渐渐少了。这一冷之后，我们就再也没给对方写过信。我上了高中，学业更加繁重，回家的次数也少了。有一次听母亲提起小米，说看到他妈妈带着他来村里走亲戚了，我问在哪里，母亲说可能在他外婆家里。也很奇怪，后来我竟然没去找他。路过他外婆家的时候，远远地听到人声鼎沸，小米的声音好像也在里面，但我仅仅路过了一下，并没有走进去。我总觉得他会来找我，而他可能觉得我会去找他，但最终我们谁也没找对方。后来母亲又跟我说小米没考上中专，我问那他在干吗？母亲说，要么复读，要么工作。言语之间，好像也不是特别关心。

我大学毕业后，换了几份工作，后来去一个律师事务所上班，主要工作是给各位律师分发报纸，打扫一下卫生。律师们很忙，我很清闲。大部分时间，我坐在事务所里看报纸。那天闲来无事，翻到了一则有趣的新闻，说动物园的大象记忆出奇的好，如果幼年的大象被人作弄过，那么后来成年的大象还可能记仇，它能从人群中认出以前欺负过它的人，会卷起自己的粪便，袭击那个人。我笑出声来，觉得动物园的营销做得有趣，这竟然也能编一条新闻。

我了解城里的民营动物园，它不同于别的公立动物园。一般的公立动物园有财政补贴，票价都比较便宜。但那个动物园是一个企业出资成立的，企业也不是真的要办动物园，而是可以借动物园的名义圈地，圈完地以后，企业就不管动物园死活了，所以门票定价很高，比普通的动物园高出一大截，票价一高，去玩的人就少了。这个动物园便挖空心思地制造新闻，目的就是鼓动大家去动物园玩。

我想这个策划多半出自动物园自己人之手，果然在标题下看到了"通讯员 小米"的字样。我愣了一下，忽然想起了多年没联系的小米。很奇怪，当时我就很确定这个通讯员小米就是我从小认识的小米。

我通过报社的熟人打听了一下，小米确实是动物园的工作人员。我要到了他的手机号码，电话打过去，是一个陌生的声音，我问他是小米吗？对方迟疑了一下，反问我是谁。我说："我是麦饼啊，鸦雀窝的麦饼。"他惊叫了一声，声音一下子有了神采："怎么是你啊？太意外了，多少年没见了，你也在城里吗？"

我跟他简单说了下自己的近况，末了不忘告诉他，关于那头大象的文字写得很精彩。他邀请我空了去他们动物园看看，他要带我去认识一下这头大象。他说真该感谢安娜，让他找到了失散多年的兄弟。我跟他开玩笑说，没想到这么多年不见，你还是老样子，还这么能吹牛。他说，安娜的事大部分是真的，只是稍微做了一点艺术加工，不信你来现场看。

我莫名地被他说得好奇起来。本来有没有大象，我们都是要见面的，他这么一说，我就迫不及待地挑了个时间去找他了。

到了动物园门口，他已经等候在那里，跟门口检票的工作人员打了个招呼，我们就进去了。我注意到门口的售票窗口队伍排得很长，大多是家长带着孩子，门票价格高得离奇，全票需要两百八十元一张。

我问他："这么贵的票价，还有这么多人来？"他笑了笑说："全市只有一个动物园啊，再说孩子想来，家长又有什么办法呢？"我说："你那头成精的大象起作用了，不然不会有这么多人来。"小米笑笑,私底下算承认了。

他带我进入动物园,坐上了里面的电瓶车,也免去了车费。电瓶车沿着一条河开过去,沿途看到了几只掉了毛的孔雀。小米对动物园的一草一木都非常熟悉,看了看表,跟开电瓶车的女司机说,熊猫馆停一下。他回头又跟我说:"这个点,毛毛刚吃完中餐,它会从馆里走出来晒会儿太阳,心情好还会荡一会儿秋千。"

果然,我们在熊猫馆下车的时候,刚好看到一头大熊猫从馆里大摇大摆地走出来。小米跟我说,这头大熊猫是从武汉那边租借过来的,是他们动物园的明星,小孩子特别喜欢它。我好奇地问,你们动物园没有自己的熊猫吗?他说以前有过,一雌一雄,雄的叫康康,雌的叫美美。美美年事已高,先过世,活了三十岁,相当于人活了八九十岁。康康是生病死的,它有严重的胃溃疡和肠炎,最后肠子都烂穿了,他们看着也替它感到痛苦,就让它走了。

看完大熊猫,又去了剧场,我们几乎是掐着点进去的,观赏了狗熊拳击赛、猴子骑单车,还有狮子、老虎钻火圈。小米对每个动物都很熟悉,能报出花样繁多的名字。陪我看猴子表演的时候,他跟我说起了他自己的情况。他说,之前他复读了两年,最后考了个中专,学的是兽医专业,毕业后就来这个动物园了,起初给动物们看病，后来带了几个学生，他就不再干兽医了，转而负责动物园的日常宣传工作。

我冲他眨眨眼说，做宣传工作好，是管理岗位啊。他说，也不单单是宣传，杂七杂八的事情也多，动物园里的工作人员大部分是驯兽师、饲养员，没几个人在办公楼里。从剧场出来，他低声跟我说，跟人打交道累，有时候觉得还是跟动物相处愉快、简单！

随后，他带我去看了那头成精的大象。大象和长颈鹿、斑马等动物关在一片空旷的泥地里，我们老远就看到几只长颈鹿在里面撒欢奔跑，像狂风中来回摇摆的树。走到跟前，发现那头大象身上脏兮兮的，不知道是它自己的粪便，还是泥巴，有的地方已经干透结块，有的地方还湿漉漉的。它确实爱捣鼓自己的粪便，弄着弄着，就卷起来甩到围栏外面来。

小米说，没骗你吧？你仔细看，它一直在人群里找"仇人"。我凑近了看，发现大象的眼睛特别清澈，像面凸镜，周围的一切都倒映在它黑色的眼眸里。它不喜欢被人盯着看，眨了眨眼，又开始捣鼓自己的粪便，围观的人群哄笑着纷纷往后退。

我问小米，你凭什么认定它在寻找"仇人"，我看它就是个习惯动作。小米笑笑，不置一词。

和小米联系上以后，我们时不时地聚在一起。没想到中秋节那天，动物园出大事了，一个动物园老虎咬人的视频在网络上疯狂地传播，发生地点就在小米工作的那个动物园。我第一时间发短信问小米，他好像挺忙，很久才回复我两个字：属实。

几天后，他约我在城西的一家咖啡馆里见面，一落座他就说，太惨了，这几天都在处理老虎伤人事件。那时候，我已经从媒体上了解到大致的情况，说是一家三口打算进动物园游玩，看到门票太贵，只买了一张票，让穿裙子的母亲检票进动物园，父子两人选择从旁边废弃的工厂翻墙而入，结果掉进了虎山，父亲为掩护儿子逃跑，葬身虎口。

小米说，是这个母亲带着八岁的儿子来探望父亲，父亲已经一年多没回家了，选了个中秋节，一家人团团圆圆本来是件高兴的事，没想到发生了惨剧，刚见上面就永别了。孩子的父亲就在动物园旁边的工地上班，以前也逃过票，以为摸到了一条山路，可以省点钱，结果把命搭进去了。唉，你看过那个视频吗？

我翻出了手机，把老虎咬人的视频找了出来，确实太血腥了。视频是隔离河对岸的游客用手机拍下来的。视频中，那个可怜的男人艰难地撑在地上，他的脖子被老虎死死地咬住，隔离河一侧的游客发出阵阵尖叫声。后来，一大批活鸡被扔到了河对岸，场面一度鸡飞狗跳，四五只老虎对漫山遍野的活鸡并不感兴趣，围着那个男人团团转。再后来，几挂点燃的鞭炮被扔过河去，吓跑了围拢过来的其他老虎，但咬住男人脖子的老虎被激怒了，它疯狂地来回甩头，那个可怜的男人在虎口下满脸是血，又是一阵阵的尖叫声。

小米说，后来警察来了，驱散了现场的人群。警察问我们园长，打麻醉枪吗？我们园长阴着脸说，直接击毙。警察还有些犹豫，毕竟它是国家一级保护动物，而且被列入了濒危物种。我们园长说，那只咬死人的老虎必须死，不然对死者没法交代。当时我们觉得很有道理，虽然大家心里都清楚，那个人即使救下来，生还的希望也非常小了。

我瞪大了眼睛，那只老虎后来真的被击毙了？

小米点了点头说，否则怎么办？咬过人的老虎即使留着，也不好养了，保不准以后又闹出人命来。

我问，后来那个男的死了没？小米摇摇头说，从虎口夺下来的时候还有气，但伤得太重了，送到医院就不行了，当时医院要做气管镜，连管子都插不进去。就是可怜了这对母子，尤其是那个孩子，亲眼看着父亲葬身虎口，对他的刺激太大了，一直都不说话。那个女人看着自己的丈夫咽气了，在那里拼命地跟儿子说："快喊爸爸，快喊爸爸。"小家伙明显受了惊吓，蜷缩在角落里，不肯出来。

我问，你们动物园后来怎么处理的？

小米说，不是一直在谈嘛，园长当天就派了我去跟他老婆谈。说实话，动物园已经尽了责任，在他们翻墙的地方早就竖着警示牌，上面写着：内有猛兽，严禁翻墙。他们是自己闯进来的，而且是为了逃票，主要责任在他们自己身上，但动物园也不能不管，毕竟是园内的老虎咬死的人。我去跟他老婆谈的时候，她反复说着一句话："我不要钱，把人还给我们。"我跟她说，人已经没了，还人是不可能了，只能用钱来补偿。一直都没有谈下来，再谈下去，我也要神经衰弱了。

我只能安慰小米，让他再给那对母子一点时间，突如其来的惨剧谁都接受不了。

小米咽了咽口水说，医院的事了了以后，他老婆要去工地收拾遗物，小孩也跟去了。我当然得全程陪着，当时还心存疑虑，毕竟工地上都是她老公生前的工友，免不了有老乡什么的，怕他们聚众生事，可也只好壮着胆跟过去。工地的居住条件你也知道，一个简易工棚，钻进去看到里面搭着七八张上下铺，挂满了脏兮兮的衣服。好在是上班时间，里面也没什么工人，我们进去了。正收拾衣物，旁边床铺拉严实的帘子突然掀开了一条缝，一个蓬头垢面的女人从里面探出头来。她也没说话，就默默地看着我们。突然从她身下探出了一个孩子的脑袋，接着另一个更小的脑袋也钻了出来，有点像狗妈妈带着一窝崽。

小米用手比画了一下说，这么小的床铺，竟然挤下了那么多人。你也知道，工地上的女人一生就生一大窝，小孩多半是黑户。那个女人收拾了一半，突然趴在床栏杆上痛哭了起来，我有些手足无措，不知道该怎么安慰她。那个看着我们的女人下了床，拖着拖鞋过来，轻轻地拍她的肩膀。两个女人很自然地靠在一起，没有一句话的交流。你要知道，这种场面很揪心。我这个人什么都不怕，最怕看到女人哭。

我低着头说，孤儿寡母，确实太可怜了。

小米说，后来我就背着她老公的遗物从工地出来了。动物园派去的那辆老爷车真要命，这会儿熄火了，开车的阿根师傅怎么都点不着火，他一边踢车，一边骂见鬼了。我被他说得有点害怕起来，就带着他们母子坐公交车回宾馆。在公交车上，还发生了怪异的一幕，那个小男孩不知道什么时候手上多了一盒粉笔，我估计是他在工地上拿的，工地上施工不是要做记号嘛。在公交车上，他开始在车厢内的地板上画画，被旁边的乘客说了几句，后来驾驶员也跳出来阻止。但小男孩很倔强，根本不听，继续在那里画，我只好在旁边赔礼道歉。下车的时候，我才看清楚，他在画一只笼子，好端端的座位也不坐，一屁股坐到了那只笼子里。下车的时候，还不肯从里面出来，直到他母亲伸手打了他一巴掌，他才捂着脸跟我们下了车。

我说，他是不是受刺激了，想躲在笼子里？

小米摇摇头说，不知道，这小男孩我第一眼看到就觉得有点怪异。他在医院时看上去有些惊恐，毕竟亲眼看着他父亲葬身虎口。但之后他父亲被医生宣告死亡，他也就那样，自始至终没见他掉过一滴眼泪。

我说，是不是惊吓过度了？

小米也没继续说下去，我总感觉他似乎遮遮掩掩的，有些不便跟我讨论太多的意思。事实上，我担心的还是有道理的。几天后，小米又跟我说，谈判一直没有结果，好像越拖越严重了。那个小男孩回去后，每时每刻都在画笼子，画完了笼子，他就缩在里面不肯出来，吃饭了也不出来，睡觉了也不出来。那时候，他妈妈才意识到了不对劲，她也不打儿子了，改为耐心地劝导，可小家伙并不理她。

我说，这是心理出现问题了，你们得找心理医生及早干预啊。

小米说，我们也想到了，可他妈妈看他看得很紧，不让别人碰。我们跟她说，带她儿子去看医生。她很暴躁，说她自己的儿子自己会管的。说起来有点毛骨悚然，有一天我给他们带晚饭，进门的时候刚好听到她跟她儿子在说："妈妈把动物园里所有的老虎都杀光，好不好？"她儿子看着她，瞪着大眼睛，也没说好，也没说不好。

小米看着我，我发现他也把眼睛瞪得很大。过了一会儿，他捂着脸说："你知道吗？每次看到这孩子，我总觉得像看到了小时候的自己，太难受了。"

我真担心那个妈妈做出极端的事来。我说，这事你得盯紧了，再出乱子，就不好收拾了。小米连连称是，他唉声叹气的，明显愁坏了。我说，有什么情况及时跟我说，多一个人出出主意总是好的。

又过了几天，小米跟我说，你猜那个女人私下在干什么？我说，在干吗？小米说，不知道她从哪里弄来了雷管，竟然在做土炸药，好像真的要杀光动物园里所有的老虎，替她儿子出这口恶气。

我震惊异常，说，那赶紧阻止啊，不然她全家真的毁了。

小米吞吞吐吐地说，其实这事只有我知道，但我不知道该不该跟她讲，也许只有这一条路能救她和她儿子了。

我说，有什么办法你赶紧说出来，我给你参谋参谋。

小米跟我讲出了一个惊人的真相。他说，你还记得那头伤人的老虎吗？我说，记得啊。他说，这之前，动物园也死过老虎，老虎死了是有严格的处理规定的，必须当着检查组的人，进行无害化处理。我们都会穿上防化服，在动物园的小山上挖一个四米左右深的坑，把死了的老虎埋进去。你猜接下去会怎么样？

我被他说得一头雾水，摇摇头说，不知道，难不成还立墓碑，烧香拜一拜？

小米说，那不可能，等我们悲戚戚地送走了检查组的人，园长随后就带人上山，把刚埋下去的老虎挖出来，像杀牛一样，老虎肉炖炖吃了，虎骨用来泡酒。这几年，没少泡虎骨酒，类似的情况发生了很多次，梅花鹿、羚羊都吃过，连非洲犀牛也吃过。之前，动物园已经养死了好几只老虎。这次，虎山上的老虎已经好久没进食了，吃饱了的老虎是不会袭击人的。

我瞪大了眼睛说，你们这是在犯罪哪。

小米说，如果不发生老虎伤人的事件，真相也许永远不会有人知道，但我现在决定告诉他们母子，不然他们会永远被蒙在鼓里。

我说，赶紧的，我支持你。

事后小米跟我说，当他把真相告诉那对母子的时候，那个孩子还在画他的笼子,听不明白他父亲为什么会死。他母亲喊他,他抬起头看他们一眼,又低下头去画他的笼子。他母亲当场失声痛哭,小米也哭了。

警察把动物园园长带走的时候,那个女人带着儿子去了现场。她很平静,看着那个戴着眼镜的中年男人被铐上了手铐,推进了警车里。警车关上门后,警报声响起来,一路呼啸着开出了动物园。

等警车消失了,那个女人偷偷地从怀里掏东西,小米眼尖,看她取出了土制炸药,惊叫起来,周围的人都躲远了。小米一边招呼大家避险,一边远远地劝她不要干傻事。她并不就此歇手,镇定地点着了那土炸药,一把扔进了动物园虎山前面的隔离河里。随着一声巨响,掀起了几米高的水柱,对面的虎山上悠闲地晒着太阳的老虎听到动静,吓得跳了起来,躲进了树林丛中,再也没敢出来。

大家惊魂未定地围拢过去,那个女人脸上露出了微笑。在一旁的地上画笼子的儿子听到巨响,停下了手中的画笔。他抬起头来,大家顺着他的目光看去,天边一轮血红的落日,刚好一架飞机缓缓地穿过脸盆那么大的落日。

"无声飞机!"小米嘀咕了一句。我不禁想到了小时候飞机光临鸦雀窝的情形,那时候,小米便是那小孩的模样。

不久之后,天空中传来了飞机的轰鸣声。

胶囊公寓

房间不大,顶多二十平方米。宽大的落地窗旁是一张用排骨架搭起来的榻榻米,紧挨着床头柜是一张书桌,书架悬于书桌上方的墙壁上,再过来是一块大绒布。房东"哗"一下拉开那块绒布,里面露出了一排金属挂衣架,衣架上面做了一排柜子,可以存放棉被和杂物。房间的右侧隔成了上下两个空间,底下是洗手间,旁边做了个简易爬梯,上面是一个私密性很好的临江小隔间,有飘窗,可以看到三江口全景。

房东三十多岁,在政府机关上班。他说,这是他单身时候买的公寓,后来成家了,买了另一处房产,这里就闲置下来,用来出租。他不是谁都租,要挑人,用他的话来说,毕竟是自己住过的地方,不喜欢有人对他的记忆动手脚,而且他爱干净,甚至有点儿洁癖,他受不了自己的房子被人搞得乱七八糟。

杨丹瞥了他一眼说:"你这么说,我都不敢租了啊。"房东连忙摆手说:"不不不,我只是希望租的人体面一点,你们空姐就很合适。说实话,租给你,房租少收点,我也乐意。"

杨丹倒并不认为房租贵,房租对她来说负担得起,她就是不想被人约束。房子既然租来了,使用权就得彻底归她,不然用得缩手缩脚的,她心里也不痛快。航空公司给每位员工都安排了食宿,就在机场高架旁的五星级酒店里。有人喜欢住酒店,除了工作,生活有人伺候,不用洗衣烧饭,吃的是酒店的自助餐。虽然酒店的厨师换着花样丰富的菜品,但杨丹觉得那些菜换来换去都一样,本质上都是用同样的调味品调制出来的,烧菜的人不变,配料就不会变,同一个味道吃久了容易腻。

在上海,和陆远分手后,杨丹突然就不喜欢住酒店了。她觉得一个人的日子太单调了,失去了生活本身的烟火气,犹如一朵枯萎的鲜花,娇艳的花瓣干缩成一团死气沉沉的褐色。还有一个重要的原因是,每天从酒店的房间里醒来,杨丹总有一种拖着行李箱随时要出发的紧迫感,那种感觉太糟糕。她是飞三天,休息四天,休息的日子休息不好,这很要命,所以她才想到自己租房子住。

　　陆远是飞机上的机械师。有一次,飞机遭遇乱流,直降了一千多米,餐车跟着失控,从机舱的中部滑到了尾部,飞机上的氧气面罩也自动脱落,客舱内人仰马翻,尖叫声不绝。好在机长经过一番紧急操作,终于把飞机稳住了。降落到地面后,杨丹她们几个空姐站在舷梯口,依然保持着甜美的笑容。等乘客们下完飞机,她们抱在一起痛哭。陆远走过来,拍了拍杨丹的肩膀,杨丹瞬间像找到了一棵大树,攀住他的肩膀就没再松手。他们的恋情就是从那天开始的。杨丹从来没有想过要找个同事做恋人,但生活和工作的圈子就这么封闭。虽然飞机上每天都迎来送往这么多人,但这些人也仅仅只是过客,而且航空公司有严格的规定,不能在旅途中向乘客透露私人的联系方式,所以要认识更多的人别提有多难。无处不在的危险提醒了杨丹,既然意外随时都会发生,那么为什么不过好当下呢?

　　两人属于同一个机组,自然很快就公开了关系。照理说,相处一段时间,关系会更进一步,比如见见对方的家长。但杨丹和陆远的关系仿佛一直在原地踏步,双方都没有把这层关系往婚姻的方向上去引。杨丹觉得问题出在陆远身上,这种事只能由男方主动来提。但陆远迟迟没有这方面的考虑,他似乎还没玩够,一触及两个人未来的话题就躲躲闪闪。于是，陆远不靠谱的印象就像颗种子在杨丹心里扎根、发芽，两人不停地争吵、怄气，直至发展成不可调和的矛盾。

杨丹提分手的时候，陆远好像早有心理准备，他似乎等这一天等了好久。两个人平静地吃了顿散伙饭，陆远还可笑地提醒杨丹，希望她提分手的事不要传到同事的耳朵里。对于谁先提的分手，他还这么在乎，这简直幼稚至极。换在平时，杨丹早就发火了，但那天她出奇地平静，她不想再为这点鸡毛蒜皮的事吵架了，都结束了，这都不重要了。

杨丹向公司打了申请报告，希望调离上海的公司。公司知晓原委后也很通情达理，杭州和宁波的分公司让她自行选择，她最终选了宁波。离开上海的时候，杨丹颇有些感触。想想来上海好几年了，也已经习惯了这里的生活，却赌气似的逼迫自己做出改变，她甚至都想不明白为什么要让自己承受这些莫名的委屈。偌大的上海，几千万人在那里生活，却因为有一个人让她觉得不如意，她就放弃了那里。这在别人看来是多么意气用事，但她还是得这么做。她觉得这是一种态度，不光是给对方看，也是对自己内心的一次确认。

来到宁波后，杨丹发现这里跟上海太像了，饮食习惯相似，说话语调也差不多，甚至两地都有一个历史过百年的老外滩。不同的是，在上海，能看到黄浦江的地方几乎都被酒店占领了，而在宁波，还可以有这样的公寓楼，这显得弥足珍贵。

从落地窗那里望出去，可以看到三江口，不时有轮船从宽阔的江面上驶过。从这个角度来说，这间公寓迟迟不肯卖是有其道理的。整个城市，每天都可以看到船来船往的江景房屈指可数。

房东对空姐这个行业有偏见，想当然地认为这是一个吃青春饭的行当。殊不知空姐只要自己想飞是可以一直飞下去的，国外航班上的空姐很多就是老太太，国内的航班也不例外，只是很多人到了一定年纪后就不想再飞了。

杨丹在租与不租的决定上犹豫了很久，最终她还是一把付清了整年的房租。房东有点嘴碎，问这问那的，杨丹想早点结束这样的谈话。她把门开到了最大，也把窗帘拉到了两端的尽头，阳光倾泻进房间，一屋子的明媚。

"这房间还是挺温馨的。"房东说到"温馨"两个字的时候，把自己给逗乐了，不知道他自己在想什么。杨丹没有接话，她开始收拾房间。从转完账开始，这里的空间使用权已经完成了转换，房东已经变成外人，一个外人于情于理都不该在一个单身女性的房间里停留太久。

"你们上班都穿制服吗?"房东又来了一句。杨丹皱了一下眉头,她注意到了房东不怀好意的目光开始往自己身上四处流窜:"怎么,你看到过空乘穿自己衣服上班的吗?"

房东轻笑了一声,模样变得有些猥琐:"听说空姐都爱跟机长谈恋爱……"

"这谁管得着!你钥匙都交出了吗?"杨丹的态度忽然间变得凌厉起来。

"那是自然的,一共三把钥匙全给你了。原来的租客一般都拿两把,我自己留一把,倒不是不放心,人住着,我也不可能来。只是有些租客太邋遢,搬离的时候,仿佛跟我有仇,把钥匙当垃圾扔掉,我还得找开锁的人来破门,往往一进屋,场面邋遢得不成样了,唉……"房东絮絮叨叨的,还想往下说。

"事情都有两面性,有时候在对方身上找原因,还不如在自己身上找原因。"杨丹说完,旋即被自己的话惊了一下,似乎房东和租客之间天生就有敌意,她也感受到了那种对立情绪。

"可我真的没有招惹他们,只能说运气不好,之前碰到的租客素质都不怎么样。"房东一脸无辜。

杨丹不想再聊下去,那些人跟自己没什么关系,她终于下了逐客令:"协议也签了,租金也缴了,你还有别的事吗?"

"哦,没事了。你有什么需要,打我电话。"房东用手指在耳朵边比画了一下,终于从房间退了出去,大概还没走到过道转角,杨丹就把门关上了,关门的声音还不小。她觉得这是一种态度,必须让他知道,不然自己还会无缘无故地受到打扰。

从关上门的瞬间开始,愉悦感就从杨丹的心里升腾起来。她迫不及待地甩了鞋子,爬上简易扶梯,进入那个临江的小隔间。从飘窗看出去,那些货轮像从一百年前的商埠码头驶来,烟囱里冒着黑烟,低沉的马达声经过宽阔的江面传得很远。杨丹忽然意识到那声音在夜晚可能会放得更大,那就变成了噪音,好在自己有全套的睡眠辅助装备,一副眼罩,一对耳塞,都是公司发的。杨丹以前不太喜欢睡觉时用眼罩和耳塞,总觉得一个大活人睡觉,把眼睛蒙起来,把耳朵堵上,是一种病态,即便有神经衰弱,她也从不在人前表现出来。窗外的江面宽阔得让人欣喜,杨丹觉得如果两岸的房子再低矮些陈旧些,就更好了。她拿出手机,拍了很多照片,当然也少不了自拍。外面太亮了,得找角度,让自己的脸看上去不那么黑。

杨丹发觉,这其实也是个两难的选择,人像正常了,背景就亮得刺眼,背景默认了,人像就成了黑乎乎的剪影。最终,杨丹做了个两全的选择,两个角度她各拍了一张,发到了朋友圈。几乎一眨眼,一堆人就冒了出来,他们仿佛随时蛰伏在网络背后,一群爱热闹的人在停飞的日子里也没事可干,都喜欢躺在床上刷朋友圈。同事们纷纷羡慕不已,嚷着要来杨丹的胶囊公寓实地参观。这也提醒了杨丹,是否要备点餐具,偶尔在这里聚个餐?起初,杨丹是排斥这件事的,那么小的房间,一做饭就会引来蟑螂、老鼠。她首先排除了煤气灶,因为瓦斯罐不安全,电磁炉和烤箱倒是可以考虑,但也有油烟。调到宁波分公司后,杨丹这个班组调整了航线,她从飞吉隆坡改飞成都这条线。飞了几趟成都后,老干妈和火锅渗透了杨丹的生活,变成她日常中少不了的一部分。杨丹想,为什么不备个小火锅呢?吃火锅好啊,就一顿,不管吃不吃得完,结束后清场,也不会对环境有什么影响。

当晚,胶囊公寓就办了一场小型聚会。机长还带了一瓶红酒过来,杨丹认得那个牌子,是新西兰的红酒。每个人都喝得很矜持,大概因为地方小,大家都有些放不开手脚。吃完那顿火锅后,杨丹就后悔了,锅碗瓢盆堆满了整个水槽。虽然散场后同事们帮她带走了垃圾,但房间里还是显得凌乱不堪,像惨烈的战斗结束后的现场。最终,杨丹把洗干净的火锅用抹布擦干,套上了塑料袋扎好,束之高阁。用了一次,她再也不想用第二次。

入住胶囊公寓三天后,杨丹终于把它的每个角落都转化成了自己的空间。床单和鹅绒被都是新买的,娇嫩的鹅黄色面料,上面点缀了一些小花,摸上去有点毛茸茸的。杨丹怕冷,她受不了冷冰冰的布被套。榻榻米床头的两侧摆放了玩偶,一头米白色的大熊和一条宝蓝色的海豚,个头都不小。想起来有些羞愧,自从和陆远分手后,杨丹就有了抱着玩偶睡觉的习惯,似乎怀里不抱个东西就睡不踏实。书桌改成了化妆台,上面放了一面精巧的化妆镜,镜子旁边摆满了化妆品。那些化妆品来自世界各地,都是在免税店买的。衣架上挂满了衣服,显然那一排金属挂衣架还不太够用。临江的那个小隔间放进了一堆小公仔(这是杨丹的爱好,每去一个地方,她都会搜集款式不一的小公仔),靠墙放了两个布艺坐垫,中间是一张实木小茶几,上面放了一个 CD 播放机,临江的宽阔地上铺了一张瑜伽垫。杨丹觉得这比在四面密闭的瑜伽房里高级多了,在这里做瑜伽,恍若置身于空中楼阁,身心格外放松,也特别治愈。

杨丹自己也惊讶,她不是一个擅于收拾的人。好像他们航班的空姐都有这个毛病,从拖着行李箱下飞机,踏上回酒店的接驳车后,所有人的精神都萎靡了。这可能是职业造成的,耐心和细致在工作的每一个环节中早已消耗殆尽,自己的生活则变得极其懒散。胶囊公寓也只是一个临时的住所,最终还是要还给人家的。杨丹花那么大的心血来装扮这个房间,她自己也百思不得其解。

房东是个不太安分的人,总是有一搭没一搭地发一些表情包。这是一种试探,杨丹也懒得去回应。从前,她觉得不回话显得没教养,但到了二十五岁后,她忽然明白了一个道理,对于闯入生活的骚扰者,其实不回应是最好的办法。果然,冷落了一段时间后,房东再也不发那些无聊的表情包了。

杨丹逐渐对胶囊公寓有了依赖,有好几次,她产生了一种错觉,觉得这房了就是她的。她也曾动过念头,想把这公寓买下来,那样就跟房东再无瓜葛。每次想问房东这公寓卖不卖,她又觉得无从开口,似乎一问,对方就会看穿她的心思。该找个什么样的借口呢?杨丹觉得这需要心理准备,首先得把这件事看淡了,不能流露出急切的情绪,问也得问得风轻云淡,人家卖不卖还不一定,所以不能抱太大的期望。另外,最好发生点什么事,比如水管老化,墙壁涂料脱落,让房子的问题暴露出来,那样才能阻止房东漫天要价。

过了一段日子，真的发生了一件事，让胶囊公寓的价值打了折扣。那次从成都返程后，回到胶囊公寓，杨丹觉察到了异样，开门就有些怪异，转动防盗锁的时候，钥匙卡得有点费力，不像之前那么利索。进了房间，她站了一会儿，嗅到了一股陌生的刺鼻气味。这种气味像她小时候摸进黑漆漆的录像厅闻到的味道，一种空气不流通残留下来的烟草味，经过发酵，和沙发的味道混合在一起，显得陈旧而难闻。有人来过！这是杨丹脑海中跳出来的第一感觉。她把门推到底，拉开窗帘，房间里的每个角落都见了光，一览无余，房间内的东西依旧如初，没有翻动过的痕迹。

最先发现的是放在衣柜旁的两瓶年份酒不见了，那是杨丹准备过年拿回家送给父亲的礼物。旁边的文件袋还在，里面放着一条中华香烟。文件袋被人掐了一把，瘪进去一个凹角。那里面本来有两条香烟，上次聚会，几个同事抽烟，拆了一条，剩余的让他们带回去了。显然小偷有些慌忙，没有摸到剩余的那条香烟就放弃了。

杨丹的头皮麻了一下，随即身上起了鸡皮疙瘩。她立即掏出电话，报了警，声音是颤抖的。杨丹也不想让别人知道自己的困境，但她陈述的声音还是比平时高了很多分贝，又仿佛是故意想让周围的人听到。接电话的女民警像个机器人,机械而淡定地问了事发地址、失窃的物品,还有发现失窃的时间等等。报案的过程中,杨丹又把每个角落都查了一遍,确定没有人,她才稍稍安定下来。

之后,失窃的东西陆续被发现。化妆镜旁那个首饰盒里的首饰不翼而飞,那里本来有一条项链和一条手链,都是宝格丽的产品,镶嵌了古希腊银币。最让杨丹羞于启齿的是,她挂在窗口的两条内裤也失踪了。那是她在免税奢侈品店买的,两条都是蕾丝花边。当时杨丹选了一黑一白两套内衣,但上衣没被拿走。小偷动了歪脑筋不光是因为它们好看,而是那两条内裤几乎可以和性感画等号,前面是镂空的,后面是透明的,形同虚设的设计让人浮想联翩。

多么变态的小偷!是那个房东,还是别人?杨丹脑袋中闪过一张张人脸,如同一本摊开的书被狂风掀起,卷着页码凌乱地翻动。杨丹忽然意识到了事态的严重性,她觉得贵重物品失窃也就算了,偷走了她私密的内衣,这是一种羞辱,仿佛吃定了她就是个单身女人。还有,这种变态的行为会不会变本加厉,能保证他以后不会再次入室吗?杨丹不禁浑身发抖,她想这情况必须跟警察交代清楚。

吃中饭的时候,门铃响了起来,杨丹透过猫眼看到门外立着一个胖胖的警察。开了门,警察亮了自己的工作证。他看上去三十岁左右，戴一副眼镜，身材像个面包，明显是被不规律的饮食给吃胖了。他穿着随意，甚至有点儿不修边幅，因为戴着眼镜，看上去有点斯斯文文。他说，他是刑侦科的，上门来取证。他一交代自己的身份，看着反差强烈的穿着，杨丹反而放松下来。她觉得他的模样有点滑稽，看上去特别像一只呆头呆脑的大鹅。

关上门后，他看了一眼窗户说："不太像爬窗进来的。这么高，这几楼啊？"

"十七楼。"杨丹答道。

他转而拉开门把手，从工具箱里取出了棉签，在锁孔里捣了捣，放入一个塑料袋中，密封了起来。他说："应该是技术性开锁，这已经是近期第三起白闯案了。"

"什么是白闯案？"杨丹有点好奇。

胖警察笑了笑说："字面理解就是，白天趁你上班时闯进来偷窃。"

"现在摄像头那么多还敢偷，不是好多年没听说过小偷了吗？"杨丹觉得纳闷。

胖警察说："说明经济形势不好。这些小偷一般是惯犯，都蒙面戴头盔，绕开摄像头走，一般的摄像头也识别不出来，而且他们的流动性很强，今天在这个城市作案，明天去别的城市，很难抓的。"

听到这里,杨丹松了口气,她说:"你确定他们已经离开这里了吗?"

"那也不能保证,我只能说是大概,以往的经验都是这样的。"捣鼓完锁孔,胖警察说,"你这个防盗锁最好换一下,换成智能指纹锁。这种普通的防盗锁不管用,在他们手里一下就打开了。"胖警察拨弄着防盗锁,在他眼里,这仿佛是一件再正常不过的事。他略微停顿了一下,又说:"要么换成最原始的司必林锁,那种锁他们也打不开。防小偷,要么先进点,要么原始点,其余都不管用。"

杨丹稍稍松了口气。胖警察拉严了窗帘,屋内变得漆黑一片,他提醒杨丹不要开灯。他从工具包里取出一个手电筒打开,那个手电筒的光很强,把屋子内照得雪亮。胖警察看了看地面,把手电筒搁在了地板上,杨丹看到了上面蒙了一层厚厚的灰,这让她有些害臊。胖警察取出相机,对着地面拍照,显然有几个脚印不是杨丹的。

杨丹说:"前段时间,有同事来我这里聚过餐,别把他们留下的脚印当成小偷的。"

"拍了再说,也不一定有用。"胖警察满不在乎地说。拍完照,他拉开了窗帘,问杨丹首饰盒在哪。杨丹指了指书桌,胖警察取出一盒墨粉和刷子,在书桌的表面轻轻地来回刷,刷了几遍,那些密密麻麻的指纹神奇地显形了。

他又取出透明胶带,开始粘那些指纹。

杨丹在一旁看,过了一会儿问:"这个指纹提取了以后,可以很快找到嫌疑人吗?"

"那不一定。如果嫌疑人的指纹在指纹库内,应该能比对出来。不然只能等抓到了,再对比。"胖警察看了看杨丹,到这会儿,他才开始认真地打量她,"听接案民警说,你丢的东西不止首饰?"

杨丹愣了一下,说:"呃……还有一些烟酒,本来我是准备拿回家,带给我爸爸的。"

"哦,那应该是小偷先找到了烟酒。贼不走空趟,见什么拿什么。如果先找到首饰,烟酒他不要的。"

"可是……"杨丹说着就脸红了。

"还有什么吗?"

"没什么。我真倒霉,刚租下不久的房子,就进贼了。"杨丹整理了一下头发,突然记起了什么,"哦,这个文件袋他捏过,你要提取指纹吗?这瘪下去的一角就是小偷捏的。"

胖警察看了看那只牛皮文件袋说:"这表面太光滑,很难留下指纹。我现在提取的这些也不一定管用,有的可能是你的。这些人如果是惯犯,一般都有防范意识,作案的时候都戴手套,不会留下指纹。但我们不能放过任何线索，说不定有用呢，这说不准的。"

杨丹迟疑了一下问："小偷来过一次，他下次还会来吗？"

胖警察笑了起来："那应该不太会，你想住得踏实点，就及时把锁给换了。智能锁现在也不贵，便宜的只要几百块。哦，你也不像缺钱的人。"

"去哪里买？"话一出口，杨丹就意识到自己问了一个很幼稚的问题。

胖警察又笑了，他笑起来很温和，像邻家哥哥："应该去装潢市场吧。这里附近就有一个，过去不远，打个车，起步价。"

胖警察取完证就回去了。临走的时候，他叮嘱杨丹有空去一趟辖区派出所，须要做一个详细的笔录。杨丹说："不是电话里都说清楚了吗？"胖警察笑笑说："那也要去一趟，须要确认丢失的物品，评估失窃物品的价值，抓到小偷后，这些都是量刑的依据。哦，做完笔录，还要你签字。家里失窃后，丢了哪些东西并不是一下就能清点完的，过几天，你可能会发现这也不见了，那也不见了。"

送走了胖警察，杨丹立刻叫了车，去了一趟辖区派出所。派出所在一个僻静的弄堂里，旁边是一块拆迁的空地，荒草在残垣断壁间疯狂地生长。那里被临时用作了停车场，那些警车停得横七竖八，仿佛随时要出警，但走进派出所，也没见什么人在忙。窗口的警察见到杨丹，警惕地问她找谁。杨丹怯生生地说，来做笔录。那警察站起来，又问哪个案子。杨丹说，胶囊公寓的失窃案。

杨丹跟着那个警察进了办公室，他打开电脑，杨丹留意到桌子上的烟灰，白花花的一片，像落了一层密密麻麻的头皮屑，虽然那烟灰缸是空着的。在这里，警察办案更像打字员，杨丹一边说，他一边记录。警察打字不利索，用的是五笔输入法，经常会被一个字给困住，打一下，找半天，找不到换一种打法，又找半天。杨丹也不会五笔输入法，就只好耐着性子在旁边等着。这一停，杨丹感觉自己说话也不利索了，常常说了前半句，忘了后半句。就这样，他还时常提醒杨丹说得慢点。

笔录记录的无非是案件发生的时间、地点、失窃的物品。在讲到失窃物品的时候，杨丹忽然犯难了，她不想原原本本地把内裤失窃的事情也说出来，因为记录的速度太慢了，时间一拉长，像个放大镜，受辱的感觉就会加倍。尤其是警察会问一些细节，比如年份酒是什么牌子，哪一年的年份酒。如果讲到了内裤，他可能还要问得更仔细，这相当于再被凌辱一遍。

从派出所出来，杨丹去了装潢市场。途中，她给房东打了个电话，说了失窃的事。打这个电话前，杨丹想了很久，她有点怀疑是房东，想探探对方的口风。没想到房东的反应挺惊讶，他说从来没有发生过这种事，问杨丹报警了没。杨丹说，当然报了，警察已经来过了，提取了证据，而且她也去派出所做了笔录，这会儿准备去买智能指纹锁，要把原来的防盗锁换掉。房东也挺体谅，说换锁的钱他来出。挂了电话后，过了一阵，房东又打来电话，大概是怕杨丹退租。他说，如果她同意，可以在门口安装一个监控摄像头，摄像头的钱也他出。杨丹犹豫了一下，说安装监控的事先缓缓，容她考虑一下。

装潢市场里东西门类齐全，卖防盗门的店铺有一长溜。杨丹逛了好几家，最终她买了一把价格不菲的带视频的智能锁。房东虽然面上客气，但这么贵的智能锁，他断然不会支付，杨丹也不需要他来支付这笔费用。店主是个木讷的人，面色红润，肩膀很宽，穿一件老旧的西服，灰白干枯的头发好像几天没洗了，衣领处落满头皮屑。他讲的最多的一句话是他认识生产厂家，直接拿货，没有中间商，不像其他商家要付代理费，卖的价格都偏贵。

在商家的选择上，杨丹是特意观察过的，但凡长得獐头鼠目的店家一律都不在她的选择范围内。那些嘴唇很薄、化浓妆、说话像机关枪的女老板，她从来就没有好感,也不在考虑范围内。还有,瘦条高个、手指细长的店主也不行,她怕安装智能锁的时候,一不小心着了道。唯有那个木讷的店主让杨丹觉得靠谱,她都没还价,爽快地支付了智能锁的钱。店主随即填了一张单子,写上智能锁的型号和价格,让杨丹留下地址和手机,以便上门安装。

走出装潢市场,外面阳光灿烂,杨丹放弃了打车的念头。她沿着人民路往回走,已经好久没有这么悠闲地散步了。她须要好好地走一走,透一透气,让自己紧张、焦虑的情绪舒缓一下。走了一段路,她突然想上外滩大桥看看,于是从沿江公园那里找到了外滩大桥的步行入口——一个环形柱子,台阶沿着柱子盘旋而上。外滩大桥的行人道铺设了塑胶,踩上去软绵绵的。跨过甬江,沿着环形柱子下到地面,又从桥的对面上去,折返回来。从外滩大桥上下来,马路对面就是来福士广场。杨丹想,已经走了那么多路,索性再去商场逛逛。她又钻进了地铁通道,直接进入来福士广场内。

地下一层有奶茶店、咖啡店等好多店,店铺都不大,以外卖为主,门前都排了很长的队,看样子都是附近的上班族。杨丹看了一会儿,打消了原本想在那里排队买一杯奶茶的念头。她上了扶手电梯,来到一层。一层是婴幼儿商品店,与她无关。她沿着电梯外围走,一步都没停留地上了二层。二层是卖女性用品的，化妆品、首饰、衣服，应有尽有。看来商家都知道小孩、女人的钱好赚，就把最便捷的楼层都做了相应的陈列。那天，杨丹突然丧失了逛二层的兴趣，她想三层、四层从来没上去过，为什么不去看看呢？

跟自己猜测的一样，三层开始才卖男性用品。她沿着那些商铺逛，发现男人真可怜，除了衬衣、西服，也没多少像样的款式。逛了一阵，她突发奇想，为什么不买一套西服回去呢？绕过海澜之家，她在雅戈尔专卖店门口停了下来。门口的模特穿着一套休闲的小西服，里面配一件蓝绿色的格子衬衣，那条收身效果明显的西裤带着若隐若现的反光条纹。杨丹觉得真正好看的是那条皮带，棕色，简约，舒适合体。塑料模特是黑色的，没有任何表情。杨丹总觉得那个模特身形偏瘦，该由什么样的男人来穿这套西服呢？她不由得想到了陆远，思绪马上又抽离出来，为这个不争气的念头感到恼怒。

这时候，销售员笑吟吟地走出来了，她招呼道："进来看看，给谁买衣服呀？"

"给我自己。"杨丹下巴微微一抬，一股莫名的骄傲从心底升腾起来。

销售员职业式的微笑被彻底冲破，她用手掌遮起了脸，为自己不得体的笑容感到有点羞涩："您穿得也不中性啊。"

"买一套玩玩不行吗?"

"您是设计师吗?这是我们今年的新款,刚上市的,版型很不错。"

杨丹知道再回绝她,她还会源源不断地进行猜测,就跟她开门见山地说:"我什么都不为,就是突然想买一套西服,挂在家里看看,不为别的。"

"我第一次碰到您这么有趣的顾客,那您自己挑吧。有看中眼的,我给您拿。"销售员抿着嘴,笑得停不下来。

"就门口那套。我给你们提个意见,下次不要让模特露着脚了,袜子都套了,再配一双皮鞋很费劲吗?"说完,杨丹暗暗有些吃惊,什么时候自己变得这么咄咄逼人了?

销售员马上应承下来,她开始从仓库里找衣服,问杨丹需要多大尺寸的。杨丹说:"比我高一个头的个儿。"销售员又笑了,说:"我差点被您蒙骗过去,还以为您真的是为了玩玩,这不是有对象吗?"

杨丹说:"有过,但已经分手了。"

"您人真好,分手了还给他买衣服。"

杨丹有点生气:"谁说给他买?我买一套自己挂着不行吗?"

销售员有点手足无措,她不知道该怎么回答,怕一开口又说错话。杨丹的这句话听起来似乎带着悲伤和遗憾,哪个姑娘喜欢结痂的伤口再次被揭开呢?沉默了好一会儿,她小心翼翼地说:"那是那个人有眼无珠,辜负了您这么好的姑娘。"

杨丹觉得,她终于说对了一句话,之前的恼怒一下子释怀了。杨丹看着她麻利地把西服折叠起来,妥帖地收入一个塑料袋中,再在外面套上盒子,装入庞大的购物袋中。然后是开票,日期、价格填得飞快,衣服型号她烂熟于心,也一笔滑过,仿佛动作一慢,这笔生意就会溜走似的。这过程中,杨丹有些出神。直到销售员把发票递给她,告诉她收银台的位置,她才反应过来。

回到胶囊公寓,杨丹即刻把那套西服挂在了显眼的位置。这一挂,让房间瞬间有了一些微妙的变化,似乎那些女性的气息跟着往回收缩了一点。杨丹马上意识到,除了这套西服,还得在门口的鞋架上放上一双大号的皮鞋,那种泛着黑油油的光,散发着一股雄性气味的大头皮鞋。有了这些,女性味十足的房间似乎平衡过来了,也增加了一层浓浓的保护色。

卖智能锁的老板打来了电话,问什么时候方便上门安装。杨丹说:"其实现在不装也没事了。"那个木讷的老板被说得云里雾里的,问到底是装还是不装。杨丹回答:

"装，但可以不那么着急了。"老板被逼急了，说："你再开我玩笑，我不卖给你了，钱退给你。"杨丹只好说："那赶紧装，现在，马上。"

装智能锁的时候，老板很识趣，他知道杨丹心里的顾虑，当面拆开包装袋，并且告诉杨丹，如果不放心，可以摁住锁内侧的摁钮，五秒钟后智能锁就恢复成出厂设置，里面存储的指纹都会被自动清零。装完智能锁，他让杨丹试了一遍。设密码的时候，他也背过身去，避得远远的。

有了这把锁，猫眼作废了，监控也免了，门外可以看得一清二楚，杨丹松了口气。那个老板突然问了一句："家里遭贼了吧？"

杨丹的脸憋得通红，她不想回答这个问题。老板说："呆子都想得到，没进小偷，你们一般不会主动换锁。"他鄙夷地踢了一脚地上换下来的防盗锁说："这种锁说说防盗，最不安全的就是它。"

他说着说着，竟然有些生气了，仿佛无形中那把锁成了他的敌人。杨丹有些尴尬，她不知道该怎么回应这个愤怒的老板。说完锁，他又说到了小偷："最该死的是小偷，我一辈子最恨的就是小偷。我也是家里接二连三遭贼，才开始做防盗锁生意的。就是要跟他们杠到底，看看是我的锁厉害，还是他们开锁的技术厉害。"

杨丹忽然有些害怕了,她不知道这个老板会做出什么出格的事来。装完锁理应回去了,他好像有点赖着不走的意思。他又说:"装了我的锁,你可以放心了,再失窃算我的。"杨丹惶恐地点了点头,她忽然想到了挂着的那套西服,故意上去整理了一下,说:"换下的锁就放那里吧,我男朋友快回来了,等下让他去扔了。"

老板看了一眼那套西服,脸上浮现出讪讪的表情,他的喉结上下滑动了一下,仿佛吞下了一句到嘴边的话。

老板终于被打发走了。等他走远,杨丹又摆弄了一遍智能锁,把它恢复成出厂设置的原始状态,输入了毫无规则的六位数密码,消磁声响起,传出那句温柔的女声:"锁已开,请拉门。"她确信生活中的漏洞都被堵上了,自此才舒出一口长长的气。

从那以后,杨丹在逛商场或者店铺的时候,总是在那些男性物品前驻留,有时候带回一件男士睡袍,有时候是一瓶古龙香水,有时候是一只打火机,还有游戏机、剃须刀、男士洁面乳、烟灰缸、拖鞋、汽车模型……这些东西逐渐摆满了胶囊公寓的角角落落。有时候,杨丹也反问自己是不是疯了。这好像成了她生活的一部分,在购物的时候,不买一点男性物品,仿佛缺失了一些重要的东西。看着买回来的物品,杨丹又觉得,这好像不是一个男人的物品，而是一群男人的。他们中有商务人士，有年轻爱玩的男孩，也有普普通通的上班族……

有一天，在超市结账的时候，杨丹注意到收银台前摆放着一排口香糖，她瞟了一眼印在瓶子上的代言男明星，那张照片显然是精心修饰过的，脸颊和下颌线过于精致，假得有点像卡通形象。她随手抓了一瓶薄荷味的口香糖，丢进了购物车里。

排队的时间稍微有点长，杨丹又注意到收银台旁边的那一排避孕套，她内心小小地挣扎了一下，装作无聊地打量了一番，最终她暗暗地选择了一个牌子，在付款的时候，她飞快地取过一盒，把它放入了零食堆中。

杨丹不止一次地暗中下过决心，当下的这次是最后一次。但事实上，就跟那些发誓戒烟的资深烟民一样，最后一次变成了无数次。

胶囊公寓第一年租期快到的时候，杨丹犹豫过要不要续租，倒不是房间住腻了，也不是窗外的外滩看腻了。仔细看，虽然是一样的空间和一样的环境，但每天都在发生变化。眼下快到圣诞节了，外滩的那些领事馆、旧居装点了浓浓的节日氛围，巨大的圣诞老人背着礼品袋，趴在领事馆外墙的玻璃窗上朝屋内张望，又憨厚又可爱。还有的圣诞老人在爬烟囱，也有的圣诞老人干脆坐在屋顶房梁上休息。所有这些东西，杨丹都是喜欢的，她只是觉得在胶囊公寓的这间房子上，倾注了太多的心血，这就像个无底洞，好像永远没有满足的一天。

自从发生了那桩失窃案后，杨丹就打消了买下这间公寓的念头。看着窗外的三条江，她觉得买与不买其实也没那么重要，就跟这流淌不息的江水一样，人这一辈子也就是这么个过程，拥有反而困住了自己。再说一间被贼光顾过的公寓始终让她有些惴惴不安，谁能保证以后不会再出什么变故呢？

杨丹也不再请同事到胶囊公寓里来，添置了那么多男性物品后，她怕别人误会。

那一年年底，杨丹被公司评为优秀员工，去上海总部参加了表彰大会。在表彰大会结束后的聚餐中，她没想到会和陆远不期而遇。一年多没见，陆远像换了个人，从头到脚都精心地修饰了一遍，衣服穿得朋克而帅气，连胡子都修出了造型，让他看上去有几分像廖凡。

两人的目光在乱哄哄的人群中相遇，杨丹随即躲开了他的目光。原本以为早就放下的感情，在见到陆远本人后，杨丹发现自己还是有些心慌意乱。她想掉头就走，但陆远却款款地向她走来："你还好吗？刚才看到你上台领奖了，祝贺你啊！"

陆远显得落落大方，这让杨丹显得更加局促。她瞬间涨红了脸，扬起头看了他一眼，出于良好的教养，礼貌性地回复道："谢谢！你呢？"

陆远耸耸肩说："老样子。"

杨丹本想说，在她眼里陆远的变化还是挺大的，但忽然间就不想说了。这种碍于情面的逢场作戏，她向来都深恶痛绝，既然两人已经成陌路人，观察得这么仔细显然是不合适的。她站在那里，留也不是，走也不是。

不知道是不是因为再次遇到杨丹，两人交流不热的缘故，后来陆远频频和同事们干杯，从他想把自己灌醉的样子看，似乎他也没他自己说的那么潇洒。这期间，有多嘴的同事偷偷地提醒杨丹，让她劝劝陆远，别喝得那么凶，醉了伤身不说，还得有人照顾他。杨丹为此有些恼火，她说："为什么要我去劝他？我跟你有什么区别吗？"一句话让多事的人悻悻不已，再也不愿意瞎掺和。聚会的场面越来越乱，酒精持续催化，在人体内刮起了风暴，那些平时沉默寡言的人这会儿变得喋喋不休，木讷本分的人这会儿也变得行为乖张。面对越来越失控的场面，尚有一丝清醒的人都陆续悄悄离开了。杨丹一个人在角落里坐了好久，看着一群醉醺醺的人还在那里没完没了，她耗完了所有的耐心，终于也离开了。

第二天，杨丹起床后，打开手机，收到了一条信息，是陆远发过来的。他说，最后人走得一个都不剩，他从酒店出来，在街上走了一会儿，最后靠着一根电线杆睡着了，醒来已经凌晨四点多，大街上除了偶尔开过的出租车，一个人都没有，他摸出手机看了一下，没有一条问候的信息，也没有一个未接电话。

杨丹看了看时间，确实是凌晨四点多发的。这和以往的他有点不同了，原来他是只老虎，现在开始装可怜了，有点像被暴雨淋湿的小狗，泪汪汪地歪着头，盯着你看。杨丹想到这些，心里忽然软了一下。她迟疑了片刻，回复过去："以后少喝点，对身体不好。"之后，那边迟迟没见回复，估计这会儿他已经睡下了。

启程回宁波的路上，陆远回了信息过来。显然，他已经从醉酒的状态中缓过来了，问杨丹行李好拿吗，需不需要他开车送一程？杨丹干脆利落地拒绝了他，好不容易结束了的关系，她不希望再纠缠下去。但回绝的时候，她明显感到自己又心痛了一下。

火车驶离上海后，陆远又发来了一条信息。他说，他后悔了，现在想结婚了，不知道现在说会不会太晚？看着那条信息，杨丹把头转向了车窗外，看着窗外的城市建筑远去，荒凉的原野涌进了眼帘，大地还没到复苏的季节。

她在手机里打下两个字：晚了。随后将手指停留在发送键上，停顿了数秒钟后，她又把那两个字删除了。

静默中只有列车的呼啸声，能看到陆远的对话框不时地显示着他"正在输入"。显然，这条信息他在不停地斟酌，写了又删，删了又改。杨丹等着它跳出来，想看看究竟是什么内容。直到火车过了杭州东站，那条信息才显示了出来。陆远说，杨丹是他自己弄丢的，他会加倍努力，把她重新追回来。短短一行字，他想了半个多小时。这回，杨丹爽快地回了两个字过去：好啊。

杨丹本以为这话说说就过去了，随着时间流逝，这事慢慢会被淡忘。她对陆远太了解了，他缺乏专注力，对一件事的热度不会超过三天。但这次陆远似乎和她较上了劲，持续地维持着那股热情。这让杨丹不得不重新审视两个人的关系。

那种热恋期的感觉似乎又回来了，两个人在停飞的日子里，会一直聊到深夜，起初是文字信息，然后换成语音信息，再是语音电话，最后开了视频通话。当胶囊公寓出现在陆远的视频中时，他脱口而出："好袖珍。"杨丹笑着说："确实很小，只够一个人住。"

这似乎提醒了陆远，于是在一个午后，胶囊公寓的门铃忽然被摁响了，打开门，陆远风尘仆仆地站在门口。杨丹愣了几秒钟，随后侧身站在门边，让他进了房间。

陆远沿着小小的房间踱了一圈，他看到了一尘不染的烟灰缸、崭新的煤油打火机、书架上的汽车模型。在一堆化妆品里，他又发现了古龙香水。转到了卫生间，他拿起剃须刀，哑然失笑。杨丹从衣柜上取下那套西服，给陆远套上，一寸不短，一寸不长。她恍惚间反应过来，原来这个男人一直都在她心里。

很突然的一下，陆远把她搂进自己的怀里，动情地说了一句："我来晚了。"眼泪从杨丹的眼眶中滑落下来，陆远轻轻地摩挲着她的长发，逼仄的房间变成了一颗心脏，一会儿急剧膨胀，一会儿又收缩到很小，整个胶囊公寓在他们急促的呼吸声里开始起伏。在快突破最后关口的时候，杨丹说："等一下。"她随即从床头柜中取出了一盒避孕套。陆远愣了一下，之前焕发的神采随之消散。之后，两人做爱，机械而呆板，似乎是为了完成一桩任务。

陆远像换了个人，因为他的沉默，杨丹也陷入进退两难的境地，一股懊恼透顶的意识盘踞了她整个脑袋，他们谁都没有再说话。终于，那个冗长、沉闷、令人绝望的过程结束了。他穿起了自己的衣服，杨丹没有从床上起来，一股羞于启齿的感觉笼罩着她，直到陆远走出房间，她才咬了咬自己的嘴唇。她知道，他们的关系好像彻底地结束了。

野鸽子

从南京返回绿州的路上,我莫名地心慌。这是一种从来没有过的感觉,跟眼皮跳一样。我在心里揣摩,这是否预示着接下去的生活吉凶?

前一天傍晚,我躺在宾馆的房间里给他发微信。封闭集训了二十天,终于要从笼子里放出来了,我难掩喜悦。可他过了好长时间才回复我,语气中也没有一点期待我回家的欣喜,这让我不免多想了。很多人都说我是个聪明的女人,这点我自己也承认,我不喜欢在莫名不安的情绪中陷得太深。和他聊了几句儿子在学校的近况,我把手机丢到了床头柜上,去冲了个热水澡。水温有点烫,我裹在其中,淋了好久。从浴室中出来,擦干身体,才发现手臂、肩膀、胸前的皮肤已经泛红。冲完热水澡,身上松快了许多。手机里消息提示声不断,我拿起来一看,又是约吃饭,群里七嘴八舌,仿佛轻松的日子过到了头,非得再尽兴一回。

我又回到了洗漱间,吹起了头发。不一会儿,有人来敲门。这个时候听到敲门声,我有点慌乱,赶紧脱了身上的浴袍,把头发盘起来用毛巾一扎,飞快地穿上铺在床上的睡衣。敲门声再次响起,我才出声问:"谁?"

"是我。丹丹,开一下门。"门外传来松玲的声音。

我松了口气,穿上拖鞋去开门。一开门,我发现松玲旁边还站着陆远。他一副想避嫌却又不肯走的样子,我感到脸上热了一下。刚集训那会儿,他比谁都疯,冲动之下难免会说一些不得体的话,我可能拒绝得严厉了些,以至于他后来好像有些怕我,看到我就躲得远远的。我也不太去接他躲躲闪闪的目光,总感觉那热辣辣的目光可怜巴巴的,似乎想博得我的心软。

这会儿,我感到别扭。因为在一个曾经用言语冒犯过我的男人面前,我不习惯穿得太随意。此刻的我睡衣里光着身子,什么都没穿,更要命的是这会儿我明显感受到乳头硬了起来。我把门又合上了一些,这让陆远看起来更加无所适从。松玲是个大条的女人,她把手搭在门上,说:"晚上大家一起吃散伙饭,你也去吧。"

"又不是不见了，回去还得一起上班呢。"我随口一说，忽然觉得这句话带着赌气的味道，好像是说给陆远听的。也因为大家在一个单位工作，我时刻保持着清醒，以免同事关系处理得太僵，让彼此都尴尬。

松玲不依不饶，说："难得出来一趟，大家到得这么齐，不要扫了大家的兴嘛。"

我犹豫了一下，说："那好吧，等我换身衣服。"

松玲笑逐颜开："那我们楼下等你哦。"

门关上了，我还是有点不适。当着陆远的面说换身衣服，我总觉得给了他胡思乱想的空间。拉开行李箱，我把那身碧绿色的碎花连衣裙放了回去。本来我打算穿着这身连衣裙，在东南大学的最后一个傍晚独自散个步。好像来的第一天，我穿的也是这条裙子。松玲说这条裙子好看，显嫩，像学生。也是在那个傍晚，陆远缠着我，让我跟他出去吃饭。

我换上了发白的牛仔裤，还有一件藏青色的短袖T恤衫。鞋子是我在南京买的，回力牌，又合脚又轻便。从宾馆下来，一大群人在门口等着，唧唧呱呱地说着话，单位领导看了看我，嬉笑道："她才像学生。"旁边一阵哄笑，全都是溜须拍马的脸。我有点厌恶，但也只能尴尬地笑笑。

那顿饭很无趣，男男女女不停地干杯。酒精是能让人遗忘时间的，也能让人在持续的恍惚中忘乎所以，嘈杂、高分贝、各说各话、无理取闹也会被人误认为幽默。在绿州，他们即便聚餐也是不喝酒的，但换个地方就可以，所以集训变相成了放松身心。我正是因为在清醒的时候看到了酒精催生下的胡闹，才不愿意喝酒。一个人变成大舌头后，在正常人眼里是多么不堪。领导喜欢喝酒，在单位里是出了名的。据说有一回，他喝醉了酒，跟跟跄跄地一头栽倒在小区的绿地上睡了过去，几只流浪狗闻到了他嘴巴中海鲜的味道，凑上去舔他的脸，他还以为在家里，甩手道："热毛巾，不要擦！"所以热毛巾是个梗，平时大家谁都不敢提。

领导喜欢热闹，喜欢那种众星拱月的氛围，大家也得跟着他闹。我向松玲使了好几回眼色，想提前开溜，但她好像挺享受这样的氛围，对我置之不理。于是，我借着上洗手间的机会，独自回了宾馆。

高铁开通后，绿州火车站迟迟没有搬迁。随着城市的扩张，它原本处于城市边缘的位置现在也变成了闹市区。他开车来接我，火车刚从杭州站开出，他就发微信问我到哪里了。这剩余的一个多小时里，他大概已经提前等候在停车场了。这多少抚慰了我不安的情绪。

下了火车，原本扎堆的人群一哄而散。陆远本来还若即若离地跟在我身后不远处，出了检票口，瞬间就不见了踪影。我还在纳闷，他的手已经搭到了我的行李箱上。单位领导从检票口出来，看到我们，笑着说："这么长时间不见，想夫人了吧？"单位领导一下子正常了，我有点适应不过来。他迎上前去，跟单位领导握手、寒暄，省去了我不少麻烦。

回去的路上，他把车子开得飞快，我不停地提醒他开慢点，他疑惑地问我："很快吗？不是一直都这么开的吗？"我说："比以前快多了，原来你开车很小心的。"他有些恍然，说："哦，那你出去蛮久了。"

在地下车库停好车，他提了箱子上楼梯，我跟在他身后。我们家住在顶楼，这房子我很喜欢，有一个阁楼，阁楼前有一个很大的露台，在那里我种了很多花草。二十天不爬楼梯了，六层的楼梯爬得我气喘吁吁。我说："好累啊，看来没电梯的房子是不太好。"他没有回应我，提着笨重的行李箱轻巧地上了六楼。

回到家里，有那么几秒钟，我感到有点陌生，仿佛进了别人的家里，我不动声色地闻着空气中的味道。对于气味我很敏感，只要来过一个陌生人，即便那人走了，我也能从空气中辨认出来。所有的物品还摆放在原来的位置上，电视机柜下抽屉里的针线包也不例外，一拉开抽屉就找到要找的东西，这让那种陌生感很快地消散了。我拉开行李箱，把那件线口脱开的裙子找了出来。他突然走进来，在身后掐了我一把。于是，场面变得有些混乱。

那些未整理的东西散乱了一地，我懒得再去收拾。

事毕，他幽幽地说："出去这么长时间，你觉得煎熬吗？"我咬了一下自己的嘴唇，心里莫名地有些委屈。他又说："我觉得这样也挺好的，变陌生了。"我瞬间有点不太舒服，嘴上冒出一句："你的意思是不想见我？"他变得有点尴尬，坐也不是，站也不是，走也不是。我紧跟着说了一句："我不喜欢陌生感。"

我们沉默了好长时间，似乎各自都在体会那种怪异的感觉。之后，我穿上衣服，问他："露台上那些花有枯死吗？"他说："死了一盆。那盆好像是草花。草花不容易养，稍有不慎就枯萎了。"

我上了顶楼，发现那些花草憔悴了很多，到处都是黄叶，有的枯叶已经被雨水黏合到了枝条上，凌乱而破败。果然，托付男人照顾花草是件极不靠谱的事。我收拾起那些花草，摘了黄叶，松了土，又给它们挨个浇了水。出发前已经结果的丝瓜藤枝缠绕了半个露台，好多丝瓜已经老去，叶子被瓜蝇和蜗牛啃得坑坑洼洼。一走近，无名的小虫"哄"的一下全飞了起来。

当初买这个房子，很大的原因是我看中了这个露天的阳台。城市中大家都在盒子般的房间里生活，有时候难免自怜，觉得自己是生活在笼子里的鸟。看到这个露台，感觉生活的空间一下子被打开了，而且在这里可以毫无顾忌，丝毫不用担心影响到住在五楼的邻居。更可贵的是，从这个露台看出去，视野宽阔，前面是一个公园，树林已成规模，大片的绿色就在脚下，恍然间有种置身森林的错觉。

这房子原来的主人是一个六十来岁的女人，她说本不想卖的，但她女儿生了孩子，她要去照看孩子，一年中大部分时间都得住在杭州，这里也难得会回来。虽然她对这房子难以割舍，但她女儿一直劝说她卖掉它，说可以在杭州换购一套小的。她考虑再三，终于让中介挂了牌，一挂出去，问询和看房的人挺多。

我当场拍板，要付定金。这么爽快的交易让她疑虑重重，她忽然之间推脱起来，说："定金可以晚点付，不急的。"我没有给她反悔的机会。从那房子里出来，他也有些犹疑，说："本来还可以压压价，再观察一下。毕竟是顶楼，房顶会不会渗水也不清楚。"

我却不那么认为。从去年年底开始，绿州的楼市忽然就热起来了，价格节节攀升，大家开始像在菜市场里抢白菜一样疯狂,我真怕一犹豫,这房子就落入别人手里。他见我不开心,安慰道:"房子是不错,尤其是那个露台,很开阔,以后我可以在自家阳台上打太极拳了。"

他年纪不大,爱好却挺像老年人的。平时除了打太极拳,他还喜欢养鱼。起初,我觉得这两样爱好风马牛不相及。有一天,我看到他对着鱼缸在比画太极拳,比画了半天,他才跟我说,他这是在训练鱼缸里的鱼,太极图不就是两条鱼吗?我这才醒悟过来,他养的小鱼代表了太极的双鱼,黑白两种颜色,密密麻麻。他说,对着鱼缸打太极拳很有意思,像在指挥千军万马,总有一天,他会把那些鱼儿调教好,黑一队,白一队,跟着他的太极拳转圈圈,转出一个真正的双鱼图来。

就这么个人,让他给花草浇点水,一点不上心,倒是把他那些鱼儿伺候得很好。那些热带小鱼很难养,到了他手上,却很少有被养死的。他总是在天气还未闷热的时候,就给鱼儿续上氧气,每天的鱼饲料也喂得准时准点,给鱼儿换水也很勤快。那么大的鱼缸,换一次就一吨多水,他一点都不心疼水费。

我拿花草和他的鱼儿比较,他说这就是男人和女人的区别,男人对植物天生不感兴趣。我说,下次轮到你出差,我也不会管你这些鱼。他呵呵一笑说,我不出差,真出去，也会带上它们。

第二天清晨起床，我拉开窗户，发现窗台前那盆茂盛的绣球下多了一只灰色的鸟。随着窗户突然被拉开的声响，它"呼啦"一下腾空而起，我惊动了它，它也惊到了我。我这才发现，这出走的二十天时间里，那只大鸟已经在花盆上筑了巢。一条条灰黑色的树枝搭建得整齐而妥帖，鸟巢的中央已经被它挤压出一个椭圆形的凹槽。我有些疑惑，这鸟为什么不去楼上的露台筑巢，而选择了卧室的窗台？原来，楼上那些丝瓜藤的枝蔓已经沿着墙壁攀爬到了窗台上，在那个鸟巢的上方垂下一片硕大的丝瓜叶，像一顶巨大的遮阳伞。

他听到我惊叫，走过来问："是那只鸟吗？"我说："是的，很大一只。"他说："可能是野鸽子，前些日子就来了。我本来想着把它的窝铲掉，昨天忙着接你，忘记了。"我一脸错愕，说："干吗要铲掉？鸟能入住家里，应该是吉兆。动物都通人性，不和睦的家庭，它也不会去筑巢。"他面无表情，喃喃说道："还有这讲究？那随你吧。"我不无得意地说："当然了，因为这个鸟巢，我们的房子都跟着升值了。"他不屑地哼了一声说："到时候臭气熏天的，你可不要嫌弃！"我揪住了他的尾巴："昨天是谁说的?男人对植物不感兴趣,只对动物感兴趣?"他狡辩起来:"那也不是野生动物,它不适合圈养。"

因为有了这只鸟,我差点上班迟到。本来每天他都顺路送我去单位,那天我让他先走,自己坐公交车去单位。我离窗台远远的,盯着那个鸟巢,心想会不会吓到了它?好在过了不久,它又飞回来了。毕竟是自己辛辛苦苦用嘴搭起来的巢,它还是舍不得放弃,在窗台前盘旋了一下,落到了不锈钢架上。它警惕地看着我,做出一副随时都要飞走的样子。我赶紧装作没看到,悄悄地离开卧室,去了隔壁的书房。书房前面是个阳台,透过阳台的窗帘,可以一览无余地看到它和那个鸟巢。

我轻轻地掀起窗帘的一角,透过缝隙,看到那只鸟从不锈钢架上下来,迈着细长的红爪,在鸟巢上来回踩了几下,坐回了它自己的巢里。直到它匍匐下来,我才放心地去上班。这一路上,时间忽然加快了,公交车迟迟未到站。我一看手表,它就跳一个数字,等得我心急如焚。终于坐上公交车,一落座,我心想,急也没用了,迟不迟到都交到司机手里了,索性开始刷手机。

我在书房偷偷观察的时候,拍下了好几张这鸟的照片,上网一查,才知道这鸟学名叫珠颈斑鸠,俗称野鸽子。这种鸟胆子很小,生性敏感,以颗粒状的植物种子为主要食物，稻谷、玉米、小麦等都可以，有时候也吃蝇蛆、蜗牛、昆虫等小动物。难怪它会去那里筑巢，丝瓜藤上有太多的蜗牛和小虫子。我想着，下班回去趁它外出，再去它巢边撒点米，放一碟水。也不敢过多地干涉它的生活，我怕再次惊扰到它。

一路奔跑着冲进单位，刚刚掐着点。松玲见到我说："你从来都是早到的，今天怎么了？"还没等我回话，旁边有人说："人家久别胜新婚，昨晚过度了。"我白了那人一眼，说："家里来了只斑鸠，筑了巢，多看了两眼，差点错过上班的点。"

松玲来了兴趣，她说这是祥瑞之兆，问我斑鸠长什么样。我把照片翻出来，很多人都围过来看，陆远站在人群的外围，脖子也伸得老长。大家七嘴八舌，有的人说，鸟毕竟是野生动物，传播细菌和病毒，还是保持点距离比较好。有的人开玩笑说，应该趁着夜色逮住它，炖鸽子汤。听了一堆馊主意后，陆远说："鸟有灵性，应该有机缘，不会无缘无故来筑巢的。"关键时刻，还是他说了句动听的话，我对他的印象稍微改观了一些。

回到工作状态，人又变成了机器。出去了二十天，有一大堆事情赶着去补做。但我只要稍微空闲下来，喝口水就会惦记家里的那只鸟，这真是一种奇怪的感觉。儿子读了中学后,寄宿在学校里,只有周末的时候回来,我一下子有了空巢老人的感觉。现在惦记一只鸟,我觉得是儿子离开我们的生活后,须要填补情感空缺。小区里有很多这样的女人,给宠物狗织毛衣、梳毛发,又搂又亲,溜达的时候,冲着身后一溜小跑的小狗,一会儿喊"儿子",一会儿喊"宝贝"。我不想学她们的样,太肉麻。还有一点,这些女人都太老了,抱着一只小狗叫儿子,我总觉得像心理变态。

那天下了班,我几乎没有在路上做任何停留,直奔家里。开门进去后,蹑手蹑脚地来到了卧室边,我发现那只斑鸠还匍匐在鸟巢里,可警觉性非常高。我一靠近,它就从鸟巢里站了起来,转身把背朝向我。大概我再逼近一步,它又要飞走了。我们维持着这个距离,僵仕了。它看着我,我脸上露出讨好的笑容,却不敢点头哈腰,生怕稍一动弹,它就离我而去。

我轻手轻脚地从卧室里退出来,绕到了书房,关了手机的音量,远远地拍了几张照片,发到了朋友圈。瞬间,有了一大堆留言,很多朋友都羡慕不已,也有朋友劝我多发点动态,有的甚至要求我开直播。生活中忽然多了一件趣事,我觉得这是老天的馈赠,让原本平平淡淡的日子起了动人的涟漪。

他回来了,看到我没有烧晚饭,还在准备斑鸠的食物和水,似乎有点不太开心,他说:"一只鸟用得着花这么多心思吗?"我淡淡地回他:"你喂鱼不就是这德行吗?"他径直走到了窗台前,我未来得及阻止他,果然那斑鸠受到惊吓,飞走了。我说:"你不能轻点吗?"他虎着脸说:"你过来看,窝里粪便拉好了。"

我顺带把准备的鸟食和水放到了鸟巢边,那坨粪便是新鲜的,可能是它受惊吓的时候留下的。我拿了一张餐巾纸想去清理,他制止了我,说:"你还真的把它当宠物了?你别动它的窝,动了,它可能就真的不回来了。"我觉得他说得也有道理,便打消了清理鸟巢的念头。

那晚,我去看了一眼鸟巢,发现它又飞回来了,这让我悬着的心落了地。洗漱完毕,熄灯后我习惯把厚的一层窗帘拉开,遇到晴朗的夜晚,月光会透过窗台洒到床前,这让我感到很浪漫。那天,他早早地爬到床上,一把把我搂了过去。过了一会儿,他忽然有些不习惯,幽幽地说:"去把窗帘拉上吧!这东西太机敏,感觉它用眼睛盯着我们。"我从黑暗中笑出声来:"你还怕这个,不就是一只鸟吗?"就在我摸黑爬起来的时候,他又拉住了我的手说:"算了,一只畜生,管它呢。"

对这只鸟,我和他呈现出完全不同的态度。他似乎很没耐心，好几次大摇大摆地走到窗前，拉窗户的动作也毫不注意。我说了他好几次，他满不在乎地说："为了一只鸟，生活得提心吊胆，至于吗？"

说了几次无果后，我也无可奈何。只是我好像着了魔，观察它的时间越来越长。它是多么漂亮，看似通体灰色，其实颜色很有层次感，头顶上带点灰蓝，往下变成红褐色，脖子处有一大片黑蓝色的羽毛——那上面布满了珍珠似的斑点，像戴了一串豪华的珍珠项链，这也是它名字的由来。脖子以下整个腹部都很光滑，呈浅浅的锈红色，背上的翅膀颜色变深，有很好看的羽毛纹理。最动人的是它的眼睛，机敏、温润，常常一动不动地看着我，看得我心也快化了。

他说被鸟偷窥，一点生活隐私也没有了。我当作笑话听。但有一次趁着斑鸠外出的间隙，我给它换水，从它那个巢往卧室里张望，果然能窥见卧室内的一切。被一只小动物偷窥，这真是一种奇怪而微妙的感觉。它会对人类的生活产生好奇吗？还有，我外出的这段时间里，它看到过什么秘密吗？我想着想着，忽然有些面红耳赤。

每个人的心里都藏着些秘密，就像陆远的事，我也不可能跟他去说，本来没什么，说了反而徒增彼此的猜忌和误会。我本来对陆远的态度还挺温和的，可能那天他喝了酒，说了一些放肆的话，我就开始彻底疏远他了。我最受不了陆远那句话，陆远说天下没有不偷腥的男人。我觉得，这不仅仅攻击了他，也是对我家庭的冒犯，即便陆远说得没错，我就一定要进行对等的报复吗？更何况，这只是一种假设。所以，我才会生气。我觉得陆远即便喝酒喝糊涂了，也不应该说这些话，因为这里面没安什么好心。陆远这一说，干扰到了我的生活，我越生气就越心神不宁。说到底，我对他，还有对我自己都没有足够的信心。

那天吃完晚饭后，看到天气预报，我才醒悟过来，节气已经进入秋天，今年好像还没好好热过，就到秋天了。这两年给我的感觉是反常天气变多了，一会儿雷暴预警，一会儿台风预警。天气预报上说，又有一个台风在太平洋洋面上生成了，而且预测可能会在绿州附近登陆。秋季台风都挺厉害的，几年前遭遇过一次，台风走得很慢，持续多日的暴雨造成了大水围城，至今想起来都心有余悸。

我跳了起来："那只鸟怎么办？"他笑了一下，说："还能怎么办？该怎样就怎样，野生动物多了去了，不能因为它在你家筑了巢，就可以娇生惯养了。"我说："别的鸟我管不着，在我家，我就得管。"他一脸不屑，回了我一句："自寻烦恼。"

第二天，我再去看鸟的时候，它竟然不像从前那么警觉了，看到我靠近，只是挪了挪身体，继续趴在窝里，那双眼睛如小鹿那样水汪汪地盯着我。天空如同水洗过一样，蓝得让人神清气爽，有薄薄的云层在上面飞快地移动。每次台风来临前，都是一派祥和与宁静。天气预报上说，台风将在三天后登陆，我真的有点担心它的安危。

我连上班也没了心思，一直在网上搜寻让斑鸠躲避台风的方法。中途，他来过电话，问我在干什么，我说在给斑鸠想防台风的办法，他说我已经"中毒"了。我刚想反驳，他说他下午要开会，让我去接儿子。

周五下午，儿子放学特别早，我只好跟单位请了假。其实儿子不想让我们接，上初中后，他的叛逆期表现比较明显，跟我们的话也越来越少，回家后除了一起吃饭，大部分时间他都一个人待在自己的房间里。有时候，我借着给他倒水的借口摸进他房间，看看他有没有在玩游戏，他很烦躁，说我们进去从来不敲门。可以前我们从来都是这样的，从他说需要敲门开始，我就知道他长大了。每个周五，他爸爸开车去接他。他的学校离市区有三十千米，在一个大湖旁边。前年开始，那里通了地铁。他提过好几次，放学不用去接他，他自己可以回家，可我们总放心不下。刚开始那会儿，我们两个人一同去接他放学。后来，他嫌我们兴师动众，改为他爸爸接，我也尽量早早地下班，在家里给他准备好吃的。

那天说去接他，我也不会开车，就提前给他发微信，说我在地铁口等他。他回复了一个字："哦。"等他从地铁口出来，我想接过他的书包，他不让我背。儿子的个头已经超过我，大概让我背书包觉得难为情。他一个人大踏步地往前走，我一路小碎步跟在他身后。

我说："乐乐，爸爸有跟你说过吗？家里来了一只斑鸠，在窗台上筑了巢。"

儿子停下脚步，眼里有了光，说："没听他说过。"

我拍了拍他的肩膀说："那赶紧回家看看去。这些天妈妈正在愁，台风要来了，这鸟该怎么安置？"儿子说："野生动物哪有你想的那么脆弱。"这点他们父子很像，遇到什么事我容易慌乱，他们无论碰到什么事都轻描淡写。

回到家里，放下书包，儿子去窗台张望。上了初中后，他几乎不进我们的卧室，因为这只鸟，他一点都没犹豫，转身进了我们的房间，我心里暗暗高兴。他在窗台前站了一会儿，压低嗓门喊起来："有两颗鸟蛋！"

"啊？什么时候产下的？"我也顾不得惊扰到鸟，跑上前去。鸟已经从巢里站立起来，它警惕地看着我们，两颗白色的蛋就在它的脚边。我连忙拉了儿子往回走，说："不要去打扰它，鸟妈妈警惕性高，等会儿它又要飞走了。"

因为有了这只鸟,儿子吃饭的时候眉飞色舞,一顿饭的工夫,说的话比这两年加起来的还多。他爸爸也跟着开心,说:"既然它在我们这里安了家,还产下了后代,索性就给它做个避风的窝。台风要来了,作为主人,总得尽一下心。"我说:"转变倒快的,要赶它走的是你,想做避风窝的也是你。"儿子对他吐了吐舌头,说:"残忍!"

爷俩饭后去了趟水果店,买回一袋水果,还向店主要来了一只泡沫箱。儿子用美工刀在泡沫箱的边缘割出了几扇门的形状,他爸爸在旁边指点,说:"这门不够大,罩上去肯定吓得母鸟不敢回巢。"于是,儿子又割下一块,除了门,两侧还各留了一扇窗,为了固定避风罩,又在泡沫箱的边角钻了孔,以便用绳子和窗台不锈钢架做捆绑。

周末这天,两人守在阳台上,等候母鸟外出觅食的机会。我还是有些担心,怕做了这个避风罩后,母鸟再也不肯回巢了。他很有信心,说:"不管人还是动物,母爱都是一样的,它不会对自己的孩子弃之不顾。"我看了一眼儿子,儿子装作没听见。

等了一天,那只斑鸠一直待在自己的巢里。已经变天了,大块的乌云悬于头顶,风明显比前一天大了。那只斑鸠缩紧了脖子,羽毛被风刮得不住发抖。那个鸟巢也不那么结实,随着风力增强,顶上的丝瓜藤顷刻间被掀翻,在风中凌乱。

　　这时候，小区居委会的喇叭也响了，喊着让大家把阳台上的花盆收回房间，把阁楼上的零碎物品收好，把雨棚都固定好。儿子说："不等了，这么大的风雨，它可能不会出去觅食了。"我也仔细观察过，撒在巢边的米粒少了很多，不知道是被鸟吃掉的，还是被风刮跑了。这种斑鸠有一个铁胃，一次可以吃很多谷粒，一顿饱餐可以让它几天不进食。他爸爸说："是的，不等了，这些花盆也得收进屋里。"

　　他们拉开了窗户，开始搬花盆。那只斑鸠不停地起身，但它一直没有要离开的意思，总是扑扇几下翅膀，但又不肯飞离自己的巢。终于把所有的花盆搬进了屋里，就剩下那盆绣球孤零零地摆在窗台上。这盆东西是肯定不能挪了，一挪就动了它的巢。儿子拿来了那只泡沫箱，我说："动作轻一点，不要吓着它。"

　　就在他们把泡沫箱倒扣上去的时候，那只斑鸠终于忍耐不住，挣扎了两下，飞走了。我们发出一声叹息，可是儿子眼尖，他指了指对面物业楼的屋顶说："没飞远，就停在那儿看着我们呢。"

　　反正已经惊吓到母鸟了，大家趁着母鸟飞出去的当口，抓紧时间固定绳子。不一会儿，那个避风罩固定好了。大家吁了口气,赶紧拉上窗户,静待母鸟归巢。可迟迟不见它回来,儿子查了资料,说:"如果它二十四小时内不回来,就算弃巢了。"

我说:"本来可以想个办法先把它引出去。这么粗暴,吓到它了。"

他说:"没有别的办法,要么走,要么留。搬花盆的时候,它有要飞走的意愿吗?它也在自我斗争呢。"

我说:"这鬼天气,外面风雨那么大……"

"你给它捎把伞去,接它回来。"他笑着耸耸肩,一身轻松地离开了窗台。

那晚,我偷偷地去看了好几次,它没有飞回来。那两枚白色的鸟蛋静静地卧在巢里,外面狂风大作,没有了母鸟的呵护,它们好像随时会从巢里滚落下去。我说:"要不要先把那两枚蛋保存起来?"这话遭到了爷俩的反对,他说:"本来还有机会,你动了它的孩子,它铁定就不回来了。"我说:"那怎么办?鸟蛋被吹下去的话还要惨!"我说着往楼下看了一眼,这时候,我有点讨厌顶楼了。他说:"别看了,要回来总会回来的。"我有些后悔,说:"它们也没那么脆弱,当初不应该扣一个罩子。这东西扣在头顶上,增加了它的不安,以为你们要去捕捉它。"他说:"那随你,解开也是分分钟的事。"我说:"再等等。

如果天亮了还不回来，就把罩子取下来。如果再不回来，我就把蛋取回来，可以人工孵化。"

第二天凌晨，我一探头就发现了它，它也正侧着头打量着屋里。我又矮下身，坐回了床上，他睁开眼睛问："回来了？"我兴奋地点点头。他说："早就知道，它不会丢下自己的孩子不管的。"

台风已经迫近，外面的雨倾盆而下，楼下的低洼处已经积了水。因为有了避风的罩子，它看上去还不是那么糟糕，只是缩在鸟巢里微微地有些发抖。风雨猛烈的时候，我还是有些担心，那个单薄的泡沫箱会不会被吹走。儿子又找来了一圈铅丝，沿着外面的罩子加固了一圈。这次，不知道是被外面恐怖的风声吓的，还是它也意识到我们对它没有敌意，它安静地待在里面，一动也没动。

儿子学校停了一天课，周一傍晚他才返回学校。他一个月回一趟家。临走前，他恋恋不舍，说下次回家可能小鸟已经孵化出来了。我说："你不用牵挂，我们会照看好它的。"儿子又说："孵化的过程才有趣，肯定一天一个样。"他爸爸有些不放心，说："不要为了一只鸟，影响了你的学习。"儿子的倔劲又上来了，他说："你想多了，那怎么可能？"

我倒觉得这是件好事。这只鸟的出现，缓和了我们和儿子之间的关系,有牵挂能让他紧张的学习生活适当松弛下来,这也是好事。几乎可以肯定,不太喜欢回家的他从此以后会有所改观了。我跟儿子说:"妈妈会每天拍点照片和视频发给你的,你不会错过小鸟孵化的整个过程。"儿子这才高高兴兴地回了学校。

看到儿子的变化,他也认可了这只鸟,不再像以前那么反感。走近窗台,他也开始放轻放慢自己的脚步声,站在窗台前看一会儿正在孵化小鸟的母鸟,他不无得意地说,转变总是来得那么猝不及防。我不明白他说的是儿子,还是他自己。可以肯定的是,这确实是一只吉祥的鸟。这两只尚未出生的脆弱的小鸟成了大家呵护的对象,虽然隔着一层薄薄的蛋壳,它们在里面打量着外面的世界,而我们在外面等待着它们的到来。

台风过境后,天气忽然间炎热了起来。要不要把那个罩子取下来,我又犯了难。频繁地打扰它,总归不太好。但罩子会不会提升鸟巢的温度,我又有所担忧。我发微信征求儿子的意见,他回复我说,当然要取下来,罩子本来就是为了给母鸟临时避风的,温度太高,对孵化中的小鸟也不好,说不定闷死在里面了。台风过去了,天空、阳光、清风都得还给它。我说,它会不会已经习惯了?拆下来又得打扰它了。儿子说我太小瞧野生动物了。

纠结再三,我选择听从儿子的意见,解开了那个罩子。那只斑鸠飞出去兜了一圈,随后它马上又飞回来了,站在鸟巢里。它扇动了几下翅膀,好像舒展了筋骨,看上去很惬意的样子。它对我的警惕松懈了很多,但还保持着适当的距离。我过于靠近时,它还是会感到不适。我试验过,与它保持一米多的距离,是它能忍受的极限,再近一步,它就会站起来。

人家在繁育后代,我也不想过多地去打扰。等待新生命的到来有点像当年临盆时期待儿子降生,我不觉哑然失笑。一连好几日,孵化毫无进展。大部分时间,母鸟都守在巢里。有时候看到母鸟外出觅食,两枚蛋静静地卧在巢里,我会抓紧时间,添一点米粒和水,顺带拍几张鸟蛋的照片。

小鸟在一个午后啄破了蛋壳。那天,母鸟站了起来,看着脚下左边的那枚蛋。那枚蛋晃动了一阵,随后出现了一道闪电似的裂缝。安静了一会儿之后,有了一个小小的洞口。我打开视频拍摄功能,拉近了镜头,看到一个浅色的喙从里面探了一下,又缩了回去。之后,那枚蛋又不动了,它似乎在积蓄力量。过了一会儿,它又开始萌动,那个洞口逐渐变大,小家伙从里面探出了脑袋,湿漉漉的。

它从里面往外钻,这是一个挣脱束缚的艰难过程。它闭着眼睛,摆动着稚嫩的翅膀。毫无疑问,那双留在蛋壳中的腿也在奋力挣扎。这时候,母鸟低头帮了它一把,沿着卡住它身体的蛋壳边缘,啄了一阵,小鸟彻底从里面挣脱了出来。

我盯着视频,压低嗓门欢呼了一声:"太棒了!"发现自己手心里全是汗。这个过程让我太紧张,仿佛回到了自己分娩的时候。

从蛋壳中挣脱出来的小鸟浑身都湿漉漉的,黑色的绒毛粘在身上。它大概第一次感受到了风,在鸟巢中瑟瑟发抖。这和那个温暖封闭的圆形世界完全不一样,好在阳光明媚,及时给了它热量。但它看上去还是虚弱极了,把自己的身体蜷缩成一团,像个肉团。

一枚蛋孵化了,另一枚蛋却丝毫没有动静。那只母鸟不急不躁,把那枚蛋和小鸟都护在身下。我很担心那只羸弱的小鸟会被它妈妈压得喘不过气来,其实是我多虑了。小东西有时候会奋力挣扎嘶叫,这时候,母鸟会松一下自己的身体,侧伏一会儿。

三天过后,另一枚蛋也顺利孵化了,还是一只湿漉漉的小鸟。相比于它,那只率先孵化出的小鸟已健壮了很多,身上的羽毛也都已经干透,只是那些羽毛都粘在皮肤上，成了细条的辫状模样。

两只小鸟出生后，母鸟每天都飞出去找食物。一回来，两只闭着眼睛的小鸟能准确地辨认出妈妈回来的方向，把嘴巴张得很大。这时候，母鸟会把吞进嘴里的虫子吐出来喂给它们。

日复一日，两只小鸟每天都会变一个模样。等儿子再次回家来的时候，它们已经长到了拳头大小，而且身上的羽毛也丰满了很多，毛茸茸的，看上去像两只灰色的小鸭。

儿子见到它们，自然欢喜得不行。但看了一阵，他又有点失落。他说："大得太快了。可能用不了多久，它们就会飞走了。"

"这是它们的家啊，总会回来的。"我虽然也赞同儿子的话，但不自觉地反驳了一句。

"三只大鸟，这巢也容不下啊！"

"那母鸟应该还会守着这个家吧？"我还有点不死心。

"照理说，它也会离开，等来年再选一户人家，重新筑巢。"

"哦，缘分那么短……"看了一眼个头已超过我的儿子，我忽然鼻子一酸，背过身去，说，"鸟和人还是不一样的……"

儿子突然叫了我一声，他似乎已经很久没有喊我"妈妈"了，以至于那声"妈妈"听起来有点拗口和别扭。我转过身来，他显得有点难为情，说："你要多拍点它们的照片和视频，不然以后就忘记它们长什么样子了。"

"不会的，都印在心里。"说着，我摁了摁胸口，那里又开始翻江倒海。

天连续晴了一段时间，某天夜里下了一场雨，气温骤然就降下来了。我翻开衣柜，准备给里面的衣服换季。每次换季的时候，我都会把里面的衣服彻底清理出来，一件件铺满整个床铺，然后一件一件地折叠起来，收入藏衣箱中。一般我会留两套当季的衣服，以备气候的反复。

那天，拾掇完夏天的衣服，把秋冬季的衣服移到衣柜里后，我已经累得不想再动，但觉得凉席不能再睡下去了，很容易着凉，我还是把它卷了起来。卷到床头的时候，我发现席子上有一根长头发，扯起来一看足有三十厘米长，染过颜色，是那种高粱色。一松手，它又恢复到卷曲的形状，在凉席上轻快地往前翻滚。我直起身，在梳妆台的镜子前看到了短发的自己，还有一张通红的脸。

我已经不记得自己留长发的样子了。孩子出生前，我的长发就剪了。虽然听年长的人说长头发吃营养，对胎儿不利，但我不相信那套东西，主要是随着肚子大起来，弯腰洗头变得极不方便，我就狠狠心，把养了多年的长发剪了。这一剪了之后，看到镜子中的自己，如同一个陌生人。当时感觉很不习惯，心想着等卸完货，再把长发养回来。没想到孩子出生后，要喂奶，要抱着哄，他又喜欢乱抓乱挠，长发也不太方便，就再也没有养过长发。还有一点，我已经习惯了短发的自己。日复一日看着那张陌生的脸，我终于在心里认可了这就是自己。我不想再有大的变化，那种突然的陌生感让我很难适应。

那么，这根长头发是从哪里来的呢？忽然间，我将这与他对鸟的反感一下子对上了号，难怪他要把鸟赶出去。在南京时产生的那种不安的情绪再次被唤醒了，是在那段时间出的问题吗？

我来到窗台前，看到一夜之间两只雏鸟好像都长大了，它们有了和它们妈妈一样灰褐色的羽毛，只是羽翼还没有展开飞翔。它们已经能站起来了，摇摇晃晃地停在窗台边缘，看着脚下悬空的一切。我忽然间明白过来，鸟儿为什么会选择在高处筑巢，这都是为了以后小鸟的飞翔做准备，如果出生在平地上，它们可能一辈子都学不会飞翔。

我拿出手机，稀里糊涂地给陆远打了个电话。我也不明白为什么要给他打电话。铃声响了几声后，陆远接起了电话,他的声音畏畏缩缩的,又显得疑惑不解,他问我有什么事。我说:"你有空吗?出来吃个饭,见面聊。"他略微犹豫了一下,说:"那稍微等我一会儿,我处理完手头的事马上过来。"

吃饭的地点约在了鸣鹤饭店,那是一个老牌的苍蝇馆子,在一个十字路口,门面破败,看上去像二十世纪八十年代的旅馆。老板也是厨师,每天他都亲自买菜,小海鲜居多,食材都很新鲜。饭店每天下午三点开始准备,基本上都是那几样:花蛤汤、清蒸小梅鱼、醋熘带鱼、霉干菜刀豆。开渔季有梭子蟹,论个卖,要么清蒸,要么葱油。吃饭的人每天络绎不绝,去晚了就没有座位。

鸣鹤饭店只有一个小包间,其余都是散桌。二十平方米左右的地儿摆下了五六张桌子,还有储菜的冰柜、收银的柜台,地方显得拥挤不堪。但老饕们不管,只要有张桌子就可以。碰到天气冷的时节,有人吃火锅,桌上就支一个冒烟的铜锅,一群影影绰绰的人淹没在热气腾腾的烟雾里,叫什么吃什么。比如来一份长毛虾,老板抄网捞,水龙头下一冲,直接往火锅里丢。

我知道去晚了会订不到座位,下午四点,就早早地候在那里。到了鸣鹤饭店,我才回过神来,这真的只是个吃饭的地方,并不适合聊天。小包间在厨房旁边,炉灶开起来,声音很嘈杂。小包间的隔壁是个卫生间,瓷砖都发黑了,虽然清洁工作也不敷衍,但那些发黑的瓷砖总让人联想到清理不干净的指甲缝。

我犹豫再三,还是打消了换个地方的念头,因为对吃饭的地方过于挑剔显得太过隆重,我仅仅是想跟陆远聊聊,没必要搞得太正式。

直到夜幕降临,陆远才探头探脑地进来。他一来就问我出什么事了,我说:"你说得没错,没事我也不喊你吃饭。"说实话,我挺在意单独和一个男人吃饭的,无论和这个男人有多熟。除了他,我基本不和别的男人吃饭。即使和男人吃饭,也需要旁人在场。

我这么一说,让陆远变得更加战战兢兢。他坐下来,我给他倒了一杯茶,接着说:"你还记得在南京时说过的话吗?"

"什么?"

"天下没有不偷腥的男人。"我假装说得轻松,没想到这句话从我嘴里说出来,又变得十分别扭。

陆远愣住了,他不知道这是在讥讽他,还是我真的遇到了困境。他结结巴巴地解释:"酒后……酒后失言,你不要太在意。"

"你没胡说。"我回答得斩钉截铁。

"我刚刚整理席子的时候，在上面发现了这么长一根头发，染过色的卷发。"我比画了一下。

　　陆远看着我的一头短发，惊恐不已，他说："这其中会不会有什么误会？"

　　"你又不认识他，帮他撇什么清！"一股怒火蹿了上来，我没能压制住。陆远变得坐立难安，他几乎不敢看我。我随即意识到自己失态了，连忙又跟他道歉。

　　陆远说："这件事你需要慎重。不瞒你说，我以前喜欢去舞厅跳舞，穿着毛衣，很容易沾上长头发。我老婆也是短发，她洗衣服的时候，一看到长头发，就知道我又去舞厅跳舞了。吵了几次，后来也习惯了。她懂我，知道我不会乱来，就跳跳舞嘛。"

　　我心里更加不痛快，说："你今天怎么回事，老向着他？"陆远的目光往后缩，他似乎在避开我的锋芒。我不明白这是为什么，两个人的关系就这么微妙。他冲动的时候，我避着他，而我反过来找他了，他又自动地往后躲。

　　这时，服务员推开了门，问什么时候可以上菜，陆远说可以上了。她退了出去，不一会儿又探进头问我们喝什么。我说："必须喝点酒。"陆远诧异了一下，说："你原来喝过酒吗？"

　　"今天得喝，不喝咽不下这口气。"

啤酒上来了，陆远给我倒了一杯，说："那你少喝点，万一喝多了……你得考虑怎么回家。"

我一扬脖子，杯子见了底，一股苦涩的麦芽味顺着食道流进了胃里。我一激灵，那陌生的液体似乎唤醒了我麻木的身体。陆远摁住了我的杯子，说："不行，你这喝法马上就把自己灌醉了。"

"你不是想让我喝酒吗？"我挑衅似的看着他。

"那是过去，现在不一样了。"陆远显得很决绝。

"哪里不一样了？你给我的感觉像人格分裂。"我盯着他的眼睛说。

陆远淡淡地说："环境不同，心境也就不一样，没有那样的氛围了。"

"我发现那根头发后，好失望啊！这跟我想象的婚姻差太多了。"我自言自语地说道。

"那你把我叫出来，把这些说给我听，又是为了什么呢？"

我被陆远问得措手不及，对等报复吗？显然不是。那约了他，告诉他这些又图什么呢？是让一个曾经心仪我的人看我笑话吗？我心里乱糟糟一团。

陆远看着语塞的我，说："也许你只是想找个人说一说，说出来了，就好了。我长得比较让人信赖，确实有很多人愿意跟我分享秘密。"

"不，你不一样。"我不知道自己在坚持什么。

陆远说："我确实对你有好感。南京那次是酒喝多了，话一出口，我就后悔了。"

我不知道是哪里来的勇气，说："也许你再坚持一下，就能如你所愿。"

"我不想乘人之危，这样你会更后悔。"陆远冷静得让我惊讶。

之后，他就打电话来了。也许回到家，没有人给他做饭，他就想到了我。我不想接他的电话，把他的电话掐了。之后，他又打来，我又掐了。到后来，似乎较上了劲，他不厌其烦地拨着号码，我一遍又一遍地划屏幕。在这重复的过程中，我的心里忽然生出一种滑稽的感觉，有点想笑，但又忍住了。我想看看他到底能坚持多久。

陆远说："接了吧。不接，他会紧张的。"

掐了十多次电话后，我终于把电话放在了桌子上，让它在那里响铃，响了好久，我把屏幕滑到了绿色按钮的一侧，他竟然刚好挂断了电话。陆远拿过我的手机，又回拨了出去，他摁了免提，把手机放在了桌上，几乎没听到提示音，他就接了起来："你在干吗？打了这么多电话都没接。"

"我在喝酒。"说完,我放肆地笑了起来。

"在哪里?发个定位给我。"

"凭什么?就不发你。"我没有喝醉,却忽然体会到了喝醉的美妙。

陆远抢了我的手机,把定位发给了他。之后不久,他就赶来了。我明白不了,两个从未谋面的男人见面竟然可以像老朋友一样,虽然碰上这种场面,他们都无可避免地尴尬,但却心照不宣地握了手。然后我像个被托付的人,在他们之间完成了交接棒,整个过程像岗哨轮换,程序规范而不拖泥带水。

回去的路上,他没有问我一句话。在夜色中行驶的车辆只有发动机发出的声音,透过车窗,我看到了流动的霓虹。我不知道,他是否在反思什么,但我打定主意,他不先开口,我也绝不说话。

第二天起床,拉开窗帘,是一个如同明镜似的晴天,窗台上的三只斑鸠都不见了踪影,我心头一颤:那么快就飞走了!之后,我给儿子发了张图片,他回过来几个字:祝福它们。

大地漂浮

一

高考结束后的夏天，炎热异常，大街上空无一人。我回了趟学校，在门口撞上一个皮肤黝黑的少年。他从已经放了假的学校里冲出来，手里捧着一个篮球，满头大汗。他瞥了我一眼，我感受到了青春燃烧的气息。

传达室里的门卫四仰八叉地躺在竹席上睡午觉，庞大的身躯看上去像头死猪，只是手里的蒲扇偶尔摇一下，告诉别人他还活着。学校没放假的时候，他管得极严，恨不得连过往的蚂蚁都盘查一遍。这会儿，对进进出出的人，他头也懒得抬一下。

我去学校是赴李双双的约，高考一结束，大家体内的荷尔蒙都发酵了。她打电话到我家，装得轻描淡写，说一起去学校看看啊！我说，学校？有什么好看的，你还嫌被关得不够吗？她回复我说，去看杀头台哪。她这么一说，我莫名其妙地兴奋了起来。

走进学校，我有种刑满释放的囚犯回去参观监狱的感觉。我被这地方关了三年，日日夜夜都提心吊胆。现在要去读大学了，自由了，我有点接受不了。这种一下子从地狱飞天堂的感觉太假了。

李双双笑盈盈地赶来了，走路还一跳一跳的。走近了，我发现她少女红的脸上挂满了汗水。她气愤地说，这鬼天气，热死我了。我说，还是去海边吧，那里有风，太阳晒着也没那么烫。她同意了，跟我一前一后出了校园。

码头离学校不远，感觉就一百来步距离。我们到那里的时候，看到有一条渔船拴在码头边。船上没人，我先跳了上去，李双双也跟了上来。她在船上站了一小会儿，然后径直躺在船舱的渔网上。她一躺下来，我就看到了她起伏的胸脯，但我不敢多看。

她躺在船上问我，你觉得最大的轮船有多大？我首先想到了航空母舰，我说得有十万吨吧。后来我改了口，因为我又想到了驳船和油轮，我说可能有几十万吨吧。李双双鼻子轻轻地哼了一声说，吹牛都那么胆小！陆地不就是最大的轮船？我们都在大海上漂浮着哪。她说着，咯咯咯地笑起来，好像搞了一出恶作剧。

她又指着天空说，你看那云像不像码头，一条条船排得那么整齐。我一抬头，果真看到了一片大海，数了数，总共有五十一条船。有一瞬间，我产生了错觉，觉得天地次序颠倒过来，大地仿佛被倒扣在上面，而我们悬浮在空中。

我说，要是有一天真的有那么大的船就好了，船上有大山，有平原，也有村庄和炊烟，但低头一看，脚下却是波澜壮阔的大海。李双双豪放地大笑起来，她说，发神经真好啊！

我们都是被压抑久了，肩膀上本来都是重担，现在卸下了，就有点无所适从。李双双问我，你打算报哪个学校？我说，林学院。她一拧眉毛，说林学院是种树的吗？我嘿嘿地笑着。这几天，我没事就翻那本招生简章。可能天气热的原因，就注意到了林学院。我想那应该是一所很阴凉的大学，林学院要是没有参天大树，就对不起这校名。但让我吃惊的是，这么个学校，竟然还有不少艺术专业，雕塑、音乐、美术等列了一大排。

忘了说了，我叫罗丹，跟那个大雕塑家同名。而这个名字是我爹取的，他是个文盲，只认识自己的名字，他更不可能知道之前有过一个大人物也叫罗丹。如果当初国内翻译成洛旦也就算了，偏偏取了个中国人的大姓。我觉得这就是宿命，仗着名字的狗胆，我竟然填了林学院的雕塑专业。后来我才知道，之前有那么大一个罗丹，就跟眼前横了座大山似的，从事这个行业看不到大好前途。

我问李双双，你准备报哪个学校？李双双轻飘飘地哼起了歌，仿佛有很多学校等着她选择。她说，她最想去东北，长年累月地生活在南方，让她有点厌倦，她希望冬天穿着大棉袄在雪地里打滚。南方人都有到天寒地冻的地方冻一冻的情结，仿佛经过那么一冻，人生就圆满了。我说，那海鲜吃不到了，顿顿大肉加粉条，还不把人吃哭了？李双双说，刚好可以身上长点肉，她的腰太细了。说着，她还下意识地低头看了自己一眼。如果换成若干年之后，我会把这话理解为赤裸裸的诱惑，但那天却感到非常难为情，我想女孩怎么可以这样，什么都说？

李双双突然对离别伤感了起来，她说，你报林学院怎么不跟我商量一下，我同意你报这个学校了吗？我的第一反应是，你又不是我什么人，我为什么要跟你商量？突然之间我明白了过来，这也算一种表白，她喜欢上我了。

我跟李双双在高中时其实没说过几句话，那时大家就是埋头读书，想恋爱也会自己克制，咬着牙把三年坚持完，所以高中结束后，大家的内心都有些汹涌。只是感情这回事是需要铺垫的，突如其来的事总让人接受不了。

我说，你之前没给过我暗示，我怎么知道你要去东北？东北也有林业大学的，本来我倒也可以考虑。也很奇怪，李双双仿佛只要我一个态度，她也没真觉得两个人一定要在同一个城市上大学。她说，天南地北、相隔万里都不是问题，感情是可以翻山越岭的。

我不知道她哪里来的勇气，说到节骨眼上有点咄咄逼人。说实话，李双双的个子是我喜欢的，站在女生中有点鹤立鸡群的感觉。还有是她的皮肤，有点婴儿白，水汪汪的，看着想上去掐一把。但她的五官长得太平庸了，尤其是眼睛，既不大，又不精致。

我本来想跟李双双说容我再考虑考虑，但我没有勇气说出那句话，同样也没有勇气爽快地答应李双双的要求。李双双很快就生气了，她说，你忸忸怩怩的，像不像个男人？我说，这是儿戏吗？如果是儿戏，我马上答应你。

李双双很聪明，她意识到我是找了个托词。颜面扫地对一个女性来说是致命的，她从渔网上跳了起来，跟我发了一通火。吵闹声在码头上传得很远，盖过了海浪的声音，把渔船的主人召唤了回来。

船老大是个中年男人，大约有两百斤重，看样子他一直在附近的什么地方睡觉，捕鱼的人对外面的动静都很敏感。李双双依旧喋喋不休地说着,我轻声提醒她:"你惊动别人了!"但她好像觉得只有她的事才是天大的事,没有要停下来的意思。

船老大走到我们跟前,一脚踏上渔船,船身跟着摇晃了两下。他打量了我们一眼,识破了我们的身份,贼兮兮地说:"早恋!我告诉你们老师去。"见李双双一副爱理不理的样子,他好像有些生气,收拾起船上的麻绳,嗓门咣地提高了一倍:"下去,都给我滚!"

我看到李双双不服气地掸了掸屁股,从船上跳了下去。船老大看着她说:"哟,到我船上还摆脸色给我看!"李双双转身又瞪了他一眼,一摇一摆地走了,裙子都带着怒气。

随着开学日子的临近,李双双不停地打电话给我,她仿佛对即将来临的分别感到了焦虑。这我能理解,我的很多同学在暑假里完成了成人礼,从一个毛孩成长为大人。李双双说,作为处女上大学让她觉得羞愧万分。我说,那你就找个人把它终结了吧。她就在电话里骂我是畜生。

其实有几次我们差点擦枪走火了,不是我不够勇敢,是李双双后悔了,她抱着我瑟瑟发抖,我问她怎么了,她说有点怕。只要大军压境,她就惊恐地喊起来:"不要进去。"后来我知道这种事是需要男人连哄带骗的,之所以没有成功,也在于我对以后没有十足的把握。也就是说,在这件事上，我跟李双双是有共识的，大家都觉得这个暑假就是一次压抑过后的反弹，这种感觉是不可靠的。在成人礼这件事上，一到真刀真枪、兵戎相见的地步，我们都会怀疑，这样是不是太草率了？

我开学在九月十二号，李双双迟一点，在九月底。开学前几天，家里人问我，要陪你一起去吗？我说不用，后来父母就再也没提这个事。我的行李箱还是我姐姐上师范时用过的，这个箱子让我有点自卑，因为一看就是老古董。这些年，行李箱的款式更新换代得太快。我到了学校发现有的行李箱造型太时髦了，简直像科幻片里的。

李双双也提出来先送我去林学院报到，我一并谢绝了。多大的事啊，还要人陪同？李双双不这么想，她有点宣示领土主权的味道。可惜她想多了，刚报到那会儿，同学间谁也不认识谁，更别说谈恋爱了。

我花了一个多月的时间，才把班里的同学一个一个地跟名字对上号。刚去那会儿，我发现每个人都比我兴奋，行李还没收拾好，就开始自我介绍，一个接一个，我谁都没记住。最先让我记住的是我的上铺，他是重庆人。第一天傍晚，寝室就集体活动了，大家一起拿着饭盆去了食堂。我的上铺站在小窗口前犹豫了很久，不知道打哪个菜好，见我们有人打了螺蛳，他也打了一份。吃饭的时候，他把螺蛳放进嘴里咬，我们在一旁笑得上气不接下气。他解释说，这螺蛳他们家乡也有，因为他家在长江边上，但他们那里没人吃。那次集体聚餐后，他很少去食堂，一直待在寝室里泡方便面，气味飘满了整层楼，我们一进宿舍就闻到方便面的调料味，开始不停地打喷嚏。

李双双每天傍晚都会打一个电话来，传达室的大叔拿着扩音喇叭在楼下喊"303 罗丹电话"，我就开始到处找硬币，接一回电话两毛钱。电话一多，硬币就捉襟见肘，赖了两三次电话接听费后，传达室的大叔脸上就不开心了，他开始在扩音喇叭里喊："罗丹，女朋友电话又来啦。"

这一喊让整个宿舍楼的人都笑了起来，我跌跌撞撞跑下楼梯，抓过电话。李双双心情还挺好，她大概在电话中也听到了扩音喇叭的叫喊。一接起电话来，她还说传达室大叔挺可爱的。我气不打一处来，说，你每天一个电话，我得找多少硬币！李双双说，你不会去银行兑换吗？我说，那多麻烦！李双双立刻就生气了，挂了电话。之后，我清静了一个礼拜。一个礼拜后，我收到了一个邮政包裹，打开一看是个铁盒，铁盒里装了满满一匣子一角钱的硬币。

说实话，我当然是感动的，可又伴随着一丝恐惧，看着那些密密麻麻的硬币，真的有种猎物被捕获的感受。那得多少个电话？仿佛得到白发苍苍才能用完这些硬币！

之后，李双双的电话就来了，她第一句话就问我铁盒收到了没，我说收到了。她说："你好像有点不太开心啊？"我说，没有。说实话，我内心里还是希望女孩子能矜持一点的，这种角色的颠倒让我有点接受不了。李双双说："你就是！一个礼拜了，我不打电话，你就永远沉默下去了？"

我突然心里颤动了一下，体会到了李双双的委屈。也就在我意识到的那一刻，电话那头传来了李双双的啜泣声。我没想到李双双还会哭，而且哭得那么伤心。我也没打算劝阻她，哭是哭不死人的，我觉得女孩子就应该爱哭。本来，我觉得李双双是那种不会哭的女孩。

我跟她说，扩音喇叭都广播过了，谁都知道我有个女朋友，你放心，不出三天，班里的所有人都会知道你给我寄了一盒硬币，因为我上铺看到了，他是个大嘴巴。

之后，我就在电话里听到了破涕为笑的声音，笑声真的是从哭声中喷出来的。我不明白，这两种情绪夹杂在一起，会是什么样的感受。

二

大一整整一学期，没有一堂像模像样的专业课，我们学着各种稀奇古怪的基础课，都有点上当受骗的感觉。在这半年里，很多人都养成了睡懒觉逃课的习惯。尤其是我们寝室，一到天冷的时候，每天派一个代表打开水、买早饭、到教室后排模仿各种人声应付老师的点名。

马良是我最好的兄弟，我们的友谊开始于一次吃饭。学校每个月二十五日是发生活补贴的日子，那一天，上课前的教室都要沸腾一次，场面跟倒翻了一盆泥鳅差不多。生活委员抓着大把零钱进教室的时候，神情跟社区居委会大妈似的，每个人发四十块钱，让她兴高采烈，脸色通红。

我和马良约好，等一天的课上完以后，把补贴都拿出来，去校门口的胖嫂酒家吃饭。这是学校的传统，很多同学都这么做，所以那天胖嫂会进很多螺蛳、茄子、土豆之类的菜。去胖嫂酒家吃饭，倒不是真的为了吃饭，我们最大的乐趣是凑在一起，一口气干掉两瓶啤酒，然后数落自己的学校，那样的聊天很过瘾，聊着聊着就破口大骂，有种怀才不遇，却又碰到知音的感觉。

那天，在胖嫂酒家聊得兴起，马良问我有没有女朋友。我就想到了李双双，说有一个，也说不清楚到底算不算女朋友。他一脸疑惑，问怎么这么说呢？我说，谈恋爱至少得双方都有这个意思，就跟两头猛兽打架似的，摆开阵势，然后迎面冲上去相互撕咬。我们开始时就稀里糊涂的，她约我去学校散心，我还没准备好，她就让我承诺。马良听得哈哈大笑，说，是她倒追的啊，有她照片吗？让我看看！我说没有，马良还不相信，非得把我的皮夹抢过去翻一遍。

他说着，掏出自己的皮夹来。那时候都流行皮夹内侧一面透明，用来夹放女生照片。他指着里面一张女生的大头照说："喏，这就是我的女朋友，现在在高复。"那种证件照真看不出一个人长得怎么样，马良非说她身材好。

我说："你知道鱼是怎么死的吗？"

"不知道！怎么死的？"

"游泳淹死的！"

马良反应过来，我们两个人像疯子一样狂笑。马良借着酒劲问我们有没有那个过，我说没有。谈论这么私密的话题，要换在平时，我可能会感到不自在，但那天我一点都不忌讳。秘密是用来交换的，马良主动跟我说，他有过了。我问他是什么样的感受，他眯了一会儿眼睛，然后郑重地说："就是——感觉前二十年都白活了。"

我愣了一下，突然之间对李双双有了期待。我发誓，这是我第一次有这种冲动。很奇怪，这种感觉从来没有过，哪怕之前抱着李双双也没有。突然意识到之前都白活了，我好想破坏一下金刚不坏的身体。

这里白昼，那里夜晚

那天吃完饭后，我和马良相互勾搭着肩膀，歪歪扭扭地从学校里穿过。路过传达室的时候，我跟马良说，我要给李双双打个电话。他说："好，你打完，我也打！"

李双双过了很久才从电话那头发出声音，从她慌乱的脚步声里能听出她好像裹着睡衣，穿着拖鞋。她的声音听起来有些兴奋，说她正在洗头，洗了一半，头发还是湿漉漉的。我说，我想你了。她马上反应过来，问我是不是喝酒了。

我觉得，酒真是天底下最美的水，喝了以后，身体里就住进了另一个人，特别想挑衅。我拿着电话，瞪着眼反驳道，是又怎么样？她说，我也不想管你，喝吧，不喝你也讲不出这么有水平的话！

我跟李双双嘻嘻哈哈地聊着，马良在一旁睡着了，他睡得跟快熄灭的篝火似的，眼睛不时地睁一下，然后又困倦地合上。

我和马良有点同病相怜，他的女朋友在高复，我的女朋友相隔千里，都有点远水解不了近渴。同寝室的人一个个开始谈恋爱了，一到空闲时间就出去。马良跟我说，我们没事可做，还是挠墙吧。于是，我们用指甲抠墙。那宿舍是老墙体，非常松软，还真的被我们抠出一条条指痕来。

我们挠墙的举动后来竟然被举报了,我们被辅导员叫到办公室,絮絮叨叨地教育了一个下午。马良愤愤不平,他说,准是寝室里出了内奸。于是,一个个打量同寝室的人,觉得他们都有点做贼心虚的样子。我说,这寝室是没法待下去了。

马良提议去外面租房子,我立刻就赞成了。搬出去住,李双双的硬币就没有用武之地了,为了防止她打电话扑空,我决定跟她费一番口舌。我说,我想搬出去住,跟马良一起到外面租个房子。她问我马良是谁,我说一个寝室的。她问我为什么要搬出去。我说,很多人都搬出去住了,宿舍的味道可以熏死一头牛,寝室里每个人都喜欢踢球,可谁都不喜欢洗袜子,穿完了就把袜子丢床铺下,厚厚一层。没干净的袜子换了,就在床铺下到处翻,挑出一双不那么脏的,循环往复地穿,直到穿破为止。睡上铺的人还好,我和马良都睡下铺,那味道跟腌了三十年的带鱼差不多。

李双双在电话里笑起来,她说,你别说了,太恶心了!

三

与专业老师何启涛认识就缘于租房子。学校有个北门,比狗洞大不了多少,只够一个人进出。我很纳闷,那样的门估计几十块砖头就可以堵死，为什么还要开？更奇怪的是，开了门，还配了一个保安，保安室就在门边上，里面的保安大概是不受待见的人，被发配到这里看门，让他也很郁闷。很多时候，他就待在里面打瞌睡，根本不盘查过往的人。很多社会上的人到学校里来打篮球，走的就是这道门。

学校本来是围成铁桶的，在这里豁出一道口子，仿佛溢出了香味。循着这味道，北门口很快繁荣成市场，流动摊贩络绎不绝，卖霉干菜烧饼和油炸馅饼的摊子最多。后来，又有了包子铺和拉面馆。之后，附近的民房开始出租，成了学生出租屋的集中地。

我和马良在这里找房子，遇到了专业老师何启涛。他在北门附近有个工作室，其实就是一个废弃的仓库，里面摆满了石膏像、画板、颜料等乱七八糟的东西。他把寻租启事贴在门上，糨糊还没干，就被我和马良揭下来了。我们提着"黄榜"找到了他。他正在吃葡萄，葡萄放在陶瓷盘里，都有乒乓球那么大。他吃葡萄的样子很怪异，不剥皮，直接丢进嘴里咬，吃一颗问我们一句："要租房？""林学院学生？""什么专业的？"

然后，他告诉我们，他是雕塑专业的老师，本来不租房，过半年，大家也是要认识的。我这才打量起何启涛来，他蓄长发，戴鸭舌帽，让人感觉他从来不洗头，戴帽子是为了掩盖头发的味道。

他说，租给你们比租给乱七八糟的人好，房租一个月两百，水电费自己缴。我和马良都能接受。何启涛人很随和，一点不摆老师的架子，他招呼我们一起吃葡萄。我毫不客气地拿了一颗，一咬，竟然有一股难闻的香椿味，赶紧吐了出来。何启涛不解地看着我。我说，这葡萄被臭虫叮过！何启涛哈哈大笑。他眼睛本来就小，一笑，眼珠子也找不到了。笑了半天，他那张舞蹈着的嘴巴里冒出这么几个字："你运气好！那是屁的味道。"

马良有些激动地向何启涛提了一个学长的名字，问他是否还记得。何启涛懒洋洋地说，学生太多了，过四年，送走一批，又来一批，全是过客，很多人当时还记得，过一阵子就忘了。马良的兴致一下子委顿了下来。

我把租到房子的事跟李双双说了，李双双问，这是勾引我过去同居吗？我说，你爱怎么想就怎么想，反正何启涛什么都不管我们。他还说，我知道你们这些小鬼，到外面租房子都是为了泡妞，没妞哪里不能睡？你们有女朋友就带来，别遮遮掩掩，外面开房间贵！

李双双很惊讶，说，有这么不正经的老师？末了，她又加了一句，这人好玩！

何启涛确实是一个好玩的人，他自己也带女朋友回去住。他有一张极其简陋的折叠床，床下的支架摇摇晃晃，跟风烛残年的老人似的。你们该猜到他有多么魁梧了吧？一米八十几的个，两百来斤重。他一直都沉浸在自己的世界里，老是手里握着刻刀或者打磨机，嘴里唱着含混不清的歌，那些歌词奇奇怪怪的，听起来都没在调上。

跟何启涛住一起，最大的好处是能提前接触到专业。这样的老师，说好也好，说不好也不好，他从来不会把学生放在心上。我问他问题，他会心不在焉地答上几句，不想回答时就跟我说，这个问题你问得太早了，慢慢来。更多的时候我是站在他身后，看他怎么塑型，怎么雕刻，怎么抛光。

何启涛其实不缺钱，他把房子租给我们本意是想找助手。之前，他有个学生助手，用得还挺顺手，结果人家毕业实习去了，搞得何启涛像缺了一只手，干什么都觉得哪里不对。我们相安无事地在他那里住了近两个月，他忍了两个月，终于憋不住了。他说，你们每天在我工作室，不会受点熏陶吗？这句话把我和马良数落得一下子找不着北。何启涛摇摇头说，两个二货，只能我发善心了。

我和马良还是一头雾水。他又说，你们看看，个个面黄肌瘦，营养不良的样子，你们都在长身体哪，每个月给我缴房租，这钱我收得于心不忍啊。

马良先忍不住，惊叫起来，是要给我们免房租吗？

何启涛一脸不屑地说，两百块钱激动成这样？怎么做大事！

我一脸无赖地说，学生不是穷吗？

何启涛说，不光两百块免了，还给你们发工资，以后都叫我老板！

什么条件呢？马良突然回过神来。

给我做助手，帮我干点杂活！

我和马良都开心得跳了起来。学校里几乎每个学生都想勤工俭学，一个书报亭售货员的工作都争得头破血流。等知道我们做了何启涛的助手，他们眼睛都要发绿了。学校里只有研究生有老板，而我们提前过起了研究生的日子，这确实太不可思议了。

我一直很诧异，有一次问何启涛为什么不从专业课上挑几个熟练的学生做助手。他好像也才反应过来，说是啊，我怎么没想到！不过他马上又摇头，说那些老油条，没有一个成材的，还不如一张白纸，从头培养。

后来，我得知他教的那个班，里面有系主任的儿子，他很担心找学生助手的事传到系主任耳朵里，这里面有些商业秘密，是不宜被系主任知道的。

这里白昼，那里夜晚

几天后，何启涛真的给我们发了工资。他本来要给我们每人四百块，因为已经到了月底快缴房租的时候了，钱还没到我们手里，他又扣下了两百。

我当然第一时间告诉了李双双。李双双说，你天天跟我嘀咕这个人，我很想去看看，他到底是个什么菩萨。确实，我把何启涛描述了两个月，就跟在纸上画人物似的，每天添一笔，这人物都丰满了。

我没想到，李双双为来看我找了这么个理由。那时候，何启涛接了个活，是给一个叫三七市的乡镇雕刻一件爱情主题的雕像。那之前，因为修高速公路，在三七市挖到了一个古墓。考古人员翻阅了地方志，结合古墓出土的文物，得出了一个结论，说这个墓的主人很有可能是梁山伯。有了梁山伯，他们就想到了祝英台，想到了两只蝴蝶。

那天，我去车站接李双双，不知道什么原因，她的车晚点了，我看着长途大巴一辆接一辆地开进车站，就是没见李双双出来。最后，李双双搭着一辆摩托车出现在了我面前，我大惊失色。我说，你怎么搭摩托车来的？她笑了笑，我发现她举手投足间有了股女人味。她说，那辆长途大巴是过路车，不进站，把她丢在一个隧道口，就开走了，她只好搭摩托车。

那天，可能是李双双来了的缘故，大街上充满了欢乐的气氛，我看到很多广告旗迎风招展，广告旗上印了一个笑盈盈的明星，还冲我们竖起大拇指。我接过李双双的行囊，得知她还没吃中饭，就带她进了一家刀削面馆。那碗刀削面热气腾腾，味道好极了。李双双吃得狼吞虎咽，后来连脱了两件衣服。

回到我们的住处，何启涛不在，马良正趴在电脑前看碟片，他看的那些电影都稀奇古怪，大多数是中世纪的国外题材，人长得像恐龙，还穿着笨重的铠甲。看到李双双，马良慌乱了起来，因为他就裹了一条毯子当睡袍。他提起衣物溜进洗手间，收拾周正了才出来，我和李双双笑得像两个贼。

我正儿八经地向他介绍了李双双，他们通过我的介绍好像成了熟人，把对方的名字叫得很顺口。放下行李后，李双双在仓库里走来走去，兴奋异常。她看着那些乱七八糟的石膏像问我，这里像不像住着很多人？我说，你别吓人啊。马良在旁边哈哈大笑，他说，人家有艺术细胞，在你眼里是死的，在人家眼里是活的。李双双不屑地冲我哼了下鼻子说，就是！

其实，李双双来了以后，我有点犯难。我们的仓库是个大通间，只有何启涛有个单间，我和马良的床一东一西，各自倚墙而放，中间连块遮羞的布也没有。李双双的架势摆明了她晚上要和我住下来。

这种被偷窥的感觉让我开始焦虑，我看着李双双从行李箱里把衣服一件件地往外掏，突然问了一句，你是准备长期住下来吗？李双双还是那个大条女孩，她说，我们放假了，我等你一起回去。有衣架吗？帮我找几个来。

马良在一旁没有说话，我能感觉到他的纠结。那会儿，我最期待的是他能自己提出来，房间让给我们住，但他最终还是没说。

为了缓解尴尬，他去帮李双双找衣架。我们没有几个衣架，他从何启涛那里拿了几个过来。他跟我说，等老板回来了，跟他说一声。

一提到老板，李双双眼睛又亮了，她追着问，你们老板去哪了，怎么没见到他？我说，不是跟你说过了吗？他在忙着雕两只蝴蝶。

就是那个梁山伯的古墓？

是啊。

李双双笑嘻嘻地问，有没有孙悟空的坟墓？说不定，还是孙悟空的坟墓比较吸引眼球。马良在一旁笑得不行。我说，神经啊，那是现实中的人物吗？李双双还不饶人，她说，蚩尤是人类吗？不是也有坟墓吗？

马良对李双双说，我们老板估计会很欣赏你，他也对两只蝴蝶嗤之以鼻。

那可以不雕啊。

我说,谋生赚钱!不然,他怎么给我们发工资?

那天,我和马良带着李双双去了钱王陵和人民广场。那两个地方我们去了无数回。钱王陵是个景点,要买门票,但我们都知道那条不用买门票的小路,就在北门的小山坡后面,跨过一道不高的土墙就到了里面。人民广场是新建的,因为有一个巨型喷泉,去的人很多。我们还在那里吃了臭豆腐和霉干菜烧饼,中途还遇到了何启涛雕的一个维纳斯像。那是个青铜像,其中一块胸脯被人摸得精光发亮,青铜褪去一层皮,变成了黄铜。我们看到那块胸脯,忍不住发笑。不少人还围着她照相,李双双也上前"揩了一把油",把我们都乐翻了。

那天晚饭是在胖嫂酒家吃的,何启涛本来说好要来的,后来又变卦了。我和马良喝得酩酊大醉,凌晨才回去。李双双扶着两个醉汉,东倒西歪,走得很吃力。回到仓库,我们发现何启涛还在忙。他一扭头看到两个醉汉和一个陌生女孩,就喊起来,都喝成这样了啊!从我的眼睛里看出去,何启涛仿佛喝醉了,而我们还清醒着。他站起来,在凌乱的工作室里到处找茶具。我见过那套茶具,大概很久前喝完之后就没洗过,茶具的底部结着像桐油一样的茶渍，它平时就淹没在各式各样的杂物中。何启涛找到茶具后，有一阵犹豫，他显然为泡茶还得洗茶具感到麻烦，但最终他还是去烧水了。

水烧开了，溢出的开水铺了一桌子。李双双手忙脚乱地给我们倒茶，我才发现她和何启涛已经聊上了。她激动地说，终于见到真人了。我大着舌头跟何启涛解释说，我们一直聊你。

何启涛呵呵笑着说，你们很奇怪啊，聊一个不相关的人干吗？我又说，不聊你聊谁啊？打了结的话大概是很逗的，李双双在那里笑个不停。何启涛厌恶地说，你别说了，都是醉话！赶紧喝茶。

那天很奇怪，我和马良舞动着笨重的舌头，在那里喋喋不休。具体说了些什么，我都记不起来了。何启涛和李双双坐在那里，聊了很久，不时地看我们一眼。我觉得那中间仿佛隔了层玻璃，只看见他们嘴巴在动，却不知道在说什么。

四

李双双在我们那里住了下来。第一天怎么睡着的我也忘了，醒来发现枕头旁多了一个人。那种感觉很陌生，随即我开始惶恐不安。我从床上蹑手蹑脚地下来,发现马良和何启涛都还在睡觉。我去了洗手间,小心翼翼地打开水龙头开始洗漱。等我从洗手间里出来,李双双也起来了。她毫不避讳,当着我的面换睡衣。

我问她晚上睡得好吗,她说,跟炭火一样,背上都热出汗了。我说怎么会这样,她说可能两个人都年轻吧。

我们才聊两句,马良就醒了。之后,何启涛也开门了。他们似乎对我和李双双的事都感觉稀松平常,连多余的眼神也没有。何启涛问我们什么时候没课,我查了一下课程表,下午空着。何启涛说,那正好,一起去干活。

他的两只蝴蝶已经进入了收尾阶段,雕像有两三层楼高,汉白玉材质,还是两个人的造型,只是他们宽大的衣服袖子做成了蝴蝶翅膀的样子。何启涛在雕塑外搭了旋转形的脚手架,从那个脚手架上爬上去的时候,我有种错觉,自己像一条龙绕着柱子盘旋,有种飞龙升天的感觉。

李双双在旁边看着,她觉得好玩。她说我们更像建筑工人,不像艺术家。何启涛说,那些衣服没沾过灰尘的雕塑家都是假的,真实的艺术家就该是我们这样的。其实,她这样陪我们一个下午也挺无聊的。为了打发无聊,何启涛还差遣李双双去给我们买饮料。我碰到了一件尴尬的事，在给祝英台圆润的胸脯抛光的时候，下身竟然出现了生理反应，把裤裆撑得老高。

那天晚上，我和李双双完成了成人礼。那就跟两头猛兽被锁进一个狭小的密室一样，激烈、压抑，又充满了新鲜感。李双双的嘴唇也被她自己咬破了，气球爆炸的瞬间，她还是"呀"了一声。那一瞬间，我停了下来，感觉陷入无边的黑暗里，像在宇宙的深处漂浮。

第二天太阳照亮仓库的时候，我和李双双留到最后才起床。马良和何启涛都出去了，然后我们才慢慢起床。李双双说，她要提前回去了。

我突然很理解她的感受。洗漱完了，我默默地把她送到车站，看着她钻进了一辆大巴。那天，她穿一条蓝白色的薄纱连衣裙，稍一有风，裙角就翩翩飞扬，像极了一只蝴蝶。

她坐到窗口的位置，冲我挥挥手，嘴角还笑了一下。我有种错觉，觉得这不是一次道别，而是有种分手的意味。那一刻，我心里酸楚楚的，竟然有点想哭。

之后，我和马良的友情仿佛也冷淡了，他越来越少跟我聊天。有一天，他搬回了宿舍，我跟何启涛说，我也要搬回去，因为那段时间宿管查得很严。何启涛眼睛红通通地看着我，他是想生气，但忍住了，最后挥挥手说，走吧。

再后来，我们升入了大二，雕塑课第一堂课并没有见到何启涛，而是来了一个胡子像马克思的老人家，我和马良都有些失落。何启涛消失了，北门的仓库关了很长时间。后来我给何启涛打了个电话，他告诉我他在西藏，正穿行在一片高山草甸上。他说，路两边都是望不到尽头的草原，车开过去，有羊群慢悠悠地从车头前经过，让他想到了象棋里过河的卒子。他说，他仿佛在天地之间下一盘大棋。

我问他还回来吗？电话就断了。

五

我和李双双的爱情持续了没多久。她来林学院看望我之后，仿佛打开了一个魔瓶，我们都觉得千山万水还是相隔太遥远了，并且开始了无休止的争吵。终于有一天，她提出了分手，我也没有挽回，顺势就答应了。

这之后，我又和马良黏在了一起。他高复的女朋友第二年也没考上大学，放弃了自我折磨，去了一个成衣生产车间上班，两个人也分手了。我还清晰地记得，毕业散伙饭后，马良喝得酩酊大醉，一路歪歪斜斜地回宿舍。在回去的路上，他痛心疾首地跟我说，这辈子最后悔的事是没有在大学里好好谈个恋爱。

何启涛中间回来过，后来从学校辞职了。他大概觉得外面的世界才是自由的，而以他的能力在外面生存也是绰绰有余的。离开学校前，我们还聚了一次，他摇头晃脑地看着我和马良说，年轻就是好哇。至于他是高估了自己，还是低估了自己，我们都不得而知。这个人就此失落在红尘，彻底失踪了。

我和马良毕业后，头几年联络还频繁，之后就像电波一样，振动的幅度越来越小，就在快要弱成一根直线的时候，马良打电话给我，提议我跟他一起去趟学校，找找当年的回忆。我一怔，突然意识到，我们离开学校已经十多年了。

蠡　斯

我觉得，父亲的改变是从我有了孩子开始的。孩子出生当天，他就迫不及待地用手掌在孩子面前晃来晃去。母亲说，孩子这么小，怎么可能有眼光！父亲缩着脖子笑，他说，万一有了呢！我也凑上前去，发现孩子的眼睛有点像鱼的眼睛，外面蒙着一层浅灰色的防水膜，他呆呆地看着我，又仿佛越过我，看着我身后的某个地方。

父亲在我的印象中一直不苟言笑，他这个架子端了二十八年，最终在这个小生命到来的时候彻底放下了。他趴在小家伙的摇篮前，嘴巴里发出各种挑逗的声音，小家伙却并不理他。在这件事上，父亲保持了执着的热情。他又买来了拨浪鼓，轻轻地摇来摇去，企图用鼓声吸引小家伙的注意，可小家伙没有一点反应。那时候，我心里有点隐隐的担忧，担心他患有自闭症。据说，患这种病的孩子都沉浸在自己的世界里，对外界的窗户是关着的。

忧心忡忡了几个月后，我的忧虑才慢慢地打消，孩子能说能笑，笑起来还很爽朗，露出两排粉色的牙床。我用手指去摸过他的牙床，被他一口叼住，狠狠地吸吮。父亲看了会在一旁呵斥我，他觉得当父亲得有父亲的样子。在这方面，他给我做了多年的示范，我却觉得那刻板的样子挺累的，我不希望自己做一个整天拉着脸的父亲。

夏天到了，日照长得离奇。我下班后的第一件事往往就是风风火火地朝家里跑，这情形有点像小时候放学回家，我冲开院子的门，磕磕绊绊地往里闯。那天，父亲从南瓜丛中直起腰，喊住了我，问我什么时候才能长成一个大人的样子。我笑了一下，没回答他，发现他脖子上还挂着块毛巾，满头大汗，似乎在南瓜丛中寻找什么东西。我问他在找什么，他没理我，又弯下腰去，撅着一个笨拙的腚，模样有些滑稽。

母亲说，他在寻找一种会叫的虫。据说，这种虫就蛰伏在南瓜丛中，以南瓜花为食。我们这个小区一共有三十几户人家，都是单栋别墅。在城市里生活，很多人都梦想有一块自己的土地，可以种点农作物。我遭人羡慕，因为我家不光有一个面积阔绰的菜园子，还有一口小池塘，小池塘连着外面的河，水并不算清澈，时时会冒起来绿藻，但它是我们家的私产。

夏天的时节，南瓜长势喜人，白色的栅栏几乎淹没在它的绿色里。父亲并没有找到会鸣叫的虫，他回家后依然念念不忘，说明明昨天晚上听到了叫声，怎么就找不到它的踪影。母亲说，它们白天都躲起来了，你晚上拿着手电筒去捉，说不定会有收获。

那天晚上，父亲坐在沙发上看电视，看着看着，他突然拿起遥控器关小了音量，虫子的叫声显露了出来，听起来有点聒噪。他从沙发上弹了起来，提了一个手电筒出去了。我也跟了出去，我问他，这是一种什么样的虫子。父亲说，你肯定看到过，会飞，稻田的水沟边很多。他怕惊到它们，特意嘱咐我动静要小。我们蹑手蹑脚地进入了南瓜丛，循着声音，父亲轻轻地翻着南瓜叶，他突然在前面停住了，低低地喊，看到了吗？就是那个！

我看到了一只通体翠绿的虫子，它浑身细长，几缕触须长得仙风道骨。父亲的手借着夜色悄悄凑近它，一把把它抓在手里。抓到它，父亲有些激动，他急急地往回走，说要找个笼子把它关起来。还说，这东西只要一直喂它南瓜花，可以活很长时间。

我知道，父亲又是为了逗孩子。他总觉得这些东西会引起儿子的注意,但他还那么小,父亲做的所有事情好像都提早了好多年。这种让人生加速往前赶的做法,有时候看上去挺幼稚,我常常暗自发笑。

我说,让我再看看。父亲握着的手开了一道缝,我看到里面的虫子挥舞着触须也在打量我。我说,再开点。父亲恼了,他说,万一飞走了,那又白忙了。

找遍了整个屋子,他也没找到一个笼子。最后,母亲找来了一只空的塑料篮子。那只篮子去年盛放过杨梅,看上去倒还小巧,也有透气的孔,只是开口很大,盖子早已被丢得不见踪影。无奈之下,母亲又找来了一只同款的篮子,把两只篮子扣在了一起,就变成了一个笼子。

虫子放入了笼子,所有的大人都很兴奋。妻子抱着儿子围着笼子慢慢地转,可儿子兴趣并不大,转了两圈就哭了。母亲把奶瓶塞进了他的嘴巴,他立刻安静了下来。母亲拍着父亲的肩膀说,他只对吃的感兴趣。我们都笑了。

父亲又趁着夜色去摘南瓜花,他在门前绕了一圈,大概犯了犹豫。小区里种南瓜的不止我家,很多南瓜藤都越过栅栏,爬到了路边。小区里还有几幢房子是闲置着的,门卫老方在那些还未入住的房子前开辟了菜园子。

南瓜这种作物也不是每朵花都结果,但花朵被摘,基本就等于南瓜被扼杀在萌芽状态。父亲在门前兜了个圈子后,出门开始溜达。他去了那几幢闲置的空房,其实那些房子也不光是门卫老方在利用,我家的邻居范离也在空房子旁搭了鸡舍,他养的不是土鸡,而是各种稀奇古怪的品种,有通体雪白的乌骨鸡,也有长得像鸟的雉鸡。

范离有养小动物的爱好,刚搬进来那会儿,他在家门口挖了一口小池塘,养了一群乌龟,队伍浩浩荡荡。我经常看到,他下班回来,手上拎着一只塑料袋,拆开了往池塘里扔乌龟。那些乌龟品种五花八门,有的从美洲进口过来,有水龟,也有陆地龟。他像欣赏艺术品一样,有点痴迷,能从龟壳的纹路上判断那是不是一只老龟。这些乌龟对水的嗅觉十分敏锐,常常趁着夜色偷偷逃跑,我在我们家池塘边发现过它们的身影。它们在台阶处晒太阳,人一靠近,它们就扭头滑入水中,动作快如闪电。

范离做外贸生意,那一年据说亏损得很厉害,他请了风水先生来看,风水先生说那口池塘挖坏了,于是范离把那口池塘回填了。他大概有一群养龟的朋友,经常在一起交流养龟的经验。池塘填了,那些水龟没了去处,他把它们装进一个大水箱送了人,也许是寄养,不得而知。池塘填满后,他又听从风水先生的意见,在门口挂了很多经幡,使房子看起来有点像藏民的住宅。

那天晚上,父亲在闲置的空房子前摘到了南瓜花,偷偷地带回了家。我们以为他为摘到南瓜花兴奋，其实他为另一件事偷着乐。他说，那些闲置的空房横梁上停满了鸽子。母亲说，那肯定是范离养的，他好这口。父亲把南瓜花放进了塑料篮子，好像转头就忘了那只会叫的虫子，继续谈论着那些鸽子。他说，这些鸽子晚上都睡着了，呆得像鹅，他一直闪到横梁下，它们也没有觉察到。母亲说，那可以去抓来，这东西大补，刚好可以给儿媳妇补补身子。

父亲听进去了，他又走到了门外，我知道他在找什么。我们家的池塘因为水质不好，一到夏天，绿藻就泛滥成灾。父亲起得早，每天天一亮，就拿着海兜在池塘边转悠，这似乎成了他多年的习惯。我们只要一起床，打开阳台的窗户，总能在池塘边看到他的身影。这会儿，他肯定在找那个海兜。果然在池塘边的樟树下，他站住了，海兜就挂在树枝上，他伸了一下手，把海兜取了下来。

他进了门，说海兜须要再扎一扎，前些天捞绿藻的时候，被石头钩破了。母亲去找来了尼龙绳，递给了我。马上要出去捕鸟了，我也跟着激动起来。我帮父亲抓住海兜的柄，他缠绕着尼龙绳。我能听到他呼哧呼哧的喘气声，气息像刚跑完步，粗得有些离谱。

捆扎完海兜，父亲喊我一起出门，他让我给他照手电筒，叮嘱我千万照住鸟的眼睛，强光刺眼，鸟就不知道往哪儿飞。出门前,他还朝范离家张望了几眼,灯是黑着的。范离每天回来挺晚的,也许是做外贸的原因,跟美国人交流,大概都是在夜晚。

一路上,父亲的脚步声很轻,但看上去并不蹑手蹑脚,估计是脚上使了劲。他还时不时地甩两下胳膊,装出一身轻松的样子。受他的影响,我的脚步声也不敢迈重,一直尾随着他。闲置的空房在小区的西面,需要穿过两条小路,我挺担心路上遇见别的邻居,这副样子摆明了是干偷偷摸摸的勾当去的。还好,一路上只有远处的一辆汽车灯光闪了一下,并没有遇见什么人。

到了闲置空房的楼下,从车库的门进去,发现这房子闲置了很久,里面积满灰尘,散发着霉味。父亲的脚步声更轻了,他走得很慢。从台阶上去,一直到横梁底下,他都没让我开手电筒。房子因为没装修,台阶两边是悬空的,他轻声叮嘱我注意安全,别摔下去。

到了横梁下,我打开了手电筒,照住了上面停着的鸽子,父亲举起手中的海兜往上扑,一阵惊鸟四起的慌乱声。其中一只鸽子逃错了方向,往屋里飞,只见它往水泥墙壁上扑腾。父亲的海兜扑了过去,他一下扑倒了那只鸽子,把它从墙壁摁到了地板上。手电筒的光还跟不上他手里的海兜,等我照到地板上时,发现那只鸽子的头被死死地摁住，已经断了脖子，鸽子血从白色的羽毛中渗了出来。

看到真的逮到了鸽子，我激动得大喊大叫。父亲提醒我，声音小点。我才意识到，这是在干偷偷摸摸的事情。父亲得意地笑着，他说，这东西晚上真的挺傻，换在白天，人一凑近，早飞远了。我把鸽子从海兜里取了出来，这时候，我才发现楼上这个空房间里面铺满了鸽子的羽毛，它像一层白色的蒲公英，人一走动，裤腿带起来的风就让那些小羽毛贴着地面打转。

父亲从我手里接过了手电筒，又照了照横梁，发现上面有两个鸽子窝，这会儿飞出去的鸽子都停到了对面屋顶的琉璃瓦上，它们冲我们发出了咕咕咕的叫声。父亲说，可能上面的窝里有鸟蛋，改天拿架梯子来看看。

父亲说我们分开走，他让我先拿着鸽子回家。下楼梯的时候，他又叮嘱我，脚底下小心。我突然觉得，父亲好像和以前有点不太一样了。出了车库门，他说，低调点，鸽子藏起来，不要让人看到。我走了几步，奔跑了起来，脚底下虎虎生风，没多久就跑回了家里。

门一开，母亲和妻子见了都发出了惊讶的声音，她们笑盈盈的，看得出来都很高兴。母亲把鸽子取了过去，拿在手里掂分量，她说，至少值五十块钱。因为鸽子已经被拧断了脖子，大家都觉得有点可惜。正七嘴八舌地说着，父亲也从门外进来了,他讲述了一遍捕鸟的过程,大家都觉得挺过瘾。

母亲去厨房烧了开水,准备给鸽子褪毛,我们还在客厅里谈论着抓鸽子的经过。父亲说,如果是活的,脚上拴一条绳子,可以给毛头玩。我说,他太小了,会被鸟吓到的。父亲点着头说,也是也是。他说着,一边用手指头提着孩子的小手说,你快点长大,爷爷带你去抓鸟。

这会儿,父亲才想到了他捉来的虫子,四处寻找关着虫子的笼子。妻子说,母亲已经把它拿到了二楼的阳台上,就放在我们卧室的门口,刚才已经叫过一次了,挺响亮的。父亲提着手电筒上楼了,脚步轻快,像个孩子。

他在笼子前蹲了好一会儿,等他下楼的时候,母亲已经把鸽子的毛褪干净了。拔光了毛的鸟看着像赤膊小鸡,母亲说,野生的,比菜市场卖的强。父亲听了挺有成就感,他说,明天还可以去捕,就怕它们受了惊吓,明天不肯回巢,这东西太机灵。母亲笑着说,范离辛苦多日,全好了你们的嘴。

第二天夜幕一落,父亲先去探了情况。他回来说,有是有,数量好像少了很多,昨天横梁上至少有七八只,今天只有三只,警惕性高了,不停地转头。母亲说,那再等等,哪有每天都抓的?父亲说,也是也是,鸟能比得过人吗？那么小的脑袋记不了多长时间，日子一长，准忘了。

那段日子，父亲经常夜晚出门。他倒不全是为了捕鸟，有时候是去摘南瓜花，有时候去观察范离家晚上的动静，回家后说的话暴露了他的行踪。他说，这几日，范离的老婆早早地回家了，家里的灯一直亮着。

范离的老婆在一家房产公司上班，本来公司离家不远，步行大概就五分钟路程，后来那幢楼给轨道交通建设让道，被夷为了平地，具体搬迁到哪里也不得而知。好像她上班还挺自由的，经常快中午了才出门，范离晚归，她也晚归。母亲常常背地里说，他们两夫妻各玩各的，家是个摆设，全让给动物住了。

范离的老婆早早回家，让父亲有了些顾虑。他说被看到了，总是难为情的。他想不通，迟不回早不回，偏偏这几日守在家里，让人觉得颇有些反常，是不是哪个邻居看到我们捕鸟，把话传给了范离的老婆？母亲在一旁打消了父亲的顾虑，她说不可能的，就算把那些鸽子都捕完了，范离也不会发现的。这些鸽子是放养的，范离从来不点数，他也不是每天都喂养，哪天想到了，他就心血来潮地在鸡舍旁撒一堆玉米。

范离是个漫不经心的人，看着他好像很喜欢养小动物，其实并不见得全身心投入。母亲说，前些日子，他还养死了好多乌龟，丢在门口的垃圾桶里，是清理小区卫生的老方告诉她的。父亲问，那这几天，范离的老婆早早回来怎么解释？母亲说，巧合呗，下班了就回家，说不定明天就回到老样子了。

还真被母亲说中了。第二天，父亲发现范离家的灯没有及时地亮起来，他兴冲冲地跑回来说，机会来了。他还去看过闲置的空房，横梁上前几天停着的鸽子也都回来了，开会似的站成了一排。

我又陪着父亲去了一趟。这回，海兜扑过去竟然一下子套住了两只鸽子。我带去了一只黑色布袋，把它们都装进了里面。扎上口袋后，我也不像上次那么慌里慌张地往回跑了，装作在小区里散步。父亲因为手上有海兜，淡定不起来，沿着绿化灌木丛，快步往回赶。进家门的时候，母亲已经候在那里了，她急着要看个头。父亲说，一只灰鸽大点。关上门，我把两只鸽子都取了出来，拎着翅膀提着，我感到它们恐惧得厉害，整个身子都在颤抖。有那么一阵子，我非常不忍心，但我又没勇气说，把它们都放了吧。这个话说出来，会遭到父母亲的耻笑的。我在妻子面前展示给儿子看，妻子说，它们好可怜啊。

那个晚上，我们睡下后，虫子叫了，起初是短促的声音，过去后就是连续不断很长的叫声，那叫声带着金属质感,其实挺让人烦躁的。我问妻子,这虫子叫得你心烦吗?妻子说,有点,主要是天热的缘故,总觉得这叫声不够清凉,但换个角度想想,睡了,旁边还有虫子的叫声,像住在森林里,跟大自然融为一体啊。

我哑然失笑,从床上坐了起来。它每次叫的时间都差不多,短促的声音就那么几下,随后是一连串不间断的叫声,气很长,持续时间大概七八分钟。它一停下,外界就变得很安静。我打开了手机,搜索这种虫子的学名,发现它叫螽斯,分两类,身形瘦长的叫纺织娘,短胖的俗称蝈蝈。其实,它的叫声不是从喉咙里发出来的,而是翅膀震动产生的。

我恍然大悟地发出了"哦"的一声。妻子问我怎么了,我说没什么。她翻过身去,很快响起了轻微的鼾声。有了孩子后,她入睡变得很容易,经常一倒头就睡着,但一点小动静又醒来。唯一的例外是螽斯的鸣叫,叫得再响,她都能睡着。

接连几次抓鸽子,让我突然产生了倦怠感。那天,父亲喊我同去的时候,我说,这么捕下去,会不会被抓完?母亲在旁边坏笑了一声说,抓完了,范离会接着去买。他经常逛花鸟市场,恨不得把那里的动物都搬回家。

也是在那天晚上,我们被范离撞见了,他大概是看到了手电筒的光,赶了过来。庆幸的是,那天我们手里并没有"罪证"。从车库的门出去,范离和我们迎面相遇,他问父亲,这么晚了,还在干吗?父亲灵机一动,他扬了扬手里的南瓜花说,摘点南瓜花,喂虫子,虫子喜欢吃南瓜花。

范离突然来了兴趣,他问,哦,是什么虫子?

父亲一时之间竟说不明白,他说,就是那种会叫的,水田里到处飞的。我在一旁解释道,学名叫螽斯,其中有一类俗称蝈蝈,不过我们家养的那只估计是纺织娘。

范离低着头说,蝈蝈知道的,花鸟市场在卖,不知道纺织娘长什么样子。

我说,身形瘦长些,通体翠绿,触须很长。

范离说,那我知道,以前也玩过,这东西是给小孩子玩的吧?

父亲接过话,说我有了儿子,全家的注意力都在孩子身上。范离爽朗地笑了起来,他说日子过得真快啊,刚搬到这里的时候,他老婆刚刚怀孕,现在他孩子都读初中了,平时就寄宿在学校里,周末了才回家来,也不常外出,闷在家里做作业。

他这么一说,我才意识到,我们和他已经做了十多年邻居了,但我们之间好像很少说话。记得他老婆怀孕的时候，孕吐很严重，吃什么都吐。为了保证孕妇的营养，范离和他母亲把他老婆绑在床上，一调羹一调羹地喂，他老婆挣扎着不肯吃，范离负责撬嘴巴，他母亲负责灌，动静闹得很大。我母亲还上门去询问情况，回来后她跟我们描述当时的情形，让我们笑痛了肚子。

一眨眼间，范离的儿子都这么大了。父亲说，日子过得是快啊，人没几年就老了。范离也很感慨，他指着我说，当时他儿子也就我儿子现在这么大。

父亲掏出香烟，递给范离，被范离挡了回来。他说他不抽烟。他还说，邻居间还是要多走动，住得这么近，却像陌生人一样，想起来觉得有些不可思议。

父亲说，现在的人都喜欢关起门来生活，各管各的。小时候生活在老墙门里是热闹的，孩子跑来跑去，大人不在，就在邻居家蹭饭，都很自然。范离说，以后多联络，小孩也抱出来让他们看看，如果不说，他还不知道我家生了孩子。前几天，他是听到有婴儿在夜里啼哭，一直弄不清楚究竟是谁家添了小宝宝。

跟范离分别之后，我和父亲沉默着往回走。有一段路，我们谁也没有说话。快到家门口了，父亲才尴尬地说了一句，好在上去前摘了几朵南瓜花，不然丢人丢大了。他回过头冲我笑了一下，我觉得我们突然变得好可怜。

进了家门，母亲看着灰头土脸的我们问怎么了。父亲说，被范离当场撞见了。母亲又问，那有抓着鸽子吗？父亲摇了摇头说，没有。母亲平复了一下，捂着胸口说，那还幸运的。父亲说，要是没有南瓜花，就糟大了，都不知道该怎么搪塞过去。母亲说，以后还是别抓了，再抓下去，早晚会败露的。

他们对话的过程中，我和妻子始终保持着沉默。也许是觉得羞愧，我的脸有点烫，妻子的脸也一直红着。是孩子解救了大家的尴尬，他及时地哭了。他一哭，所有人从尴尬的气氛中挣脱出来，围绕着他打转。

之后，父亲一直坐在客厅里看电视，他不停地换着频道。看得出来，他的心思没在电视上。楼上阳台的虫子又叫了，先是短促的叫声，后来是持续不停的叫声。父亲把电视的音量调了上去，他说，这虫叫声听久了，也挺心烦的。我提着手电筒轻声上了楼，阳台的移门一拉开，螽斯的叫声就停了。我走到笼子前，看着母亲先前用红绳子把两个篮子绑起来后打的蝴蝶结。解开那个蝴蝶结，我看到里面很多南瓜花都烂了，沾满了整个篮子底部。那只多日不见的螽斯好像变了颜色，那耀眼的翠绿色不见了，背上变成了枯枝败叶的颜色。

父亲悄无声息地出现在我身后，他说，我以为你把虫子放走了，叫声怎么突然就停了？我没有回答他，而是指着不停挥舞着细长触须的螽斯说，它的颜色好像变了，没有以前漂亮了。父亲俯下身子来，看了一阵说，老了。

那天，我用手电筒照了它很长时间，都没有看到螽斯振动翅膀的样子。转身离去后，它试探了几下，叫声重新响起。我折返回去，叫声又戛然而止。如此反复几遍，我失去了耐心，觉得它在跟我搞恶作剧。

我以为抓鸽子的事就这么过去了，没想到过了几天，范离和门卫老方起了争执，据说就是为了鸽子的事。那天，晚归的范离在门卫那里停下了车，取一个快件，发现老方家放暑假的孙子在玩鸽子蛋，当时范离也没说什么，取了快件就回家了。第二天，范离去闲置的空房转了一圈，发现横梁上的鸽子窝已经被人捅了下来，地板上一片狼藉。范离回去找老方，他心里清楚，这不是一个孩子能干出来的事，那么高的横梁，一个孩子爬不上去。老方矢口否认，范离就问他孙子的鸽子蛋从哪里来的。老方红了脸，但嘴上没有松口，他说孩子有孩子的办法，他也不知道。

因为是周末，小区里很多人都没上班，两人一起争执，很多人都出来看热闹。我看到范离的脸色铁青，他也没有过多责难老方，似乎只想把事情讲讲清楚，但老方的态度挺强硬，让他觉得无处说理。

蠢斯

老方把自己的孙子揽在身旁，看得出来，他有些护短。老方是苏北人，做了小区的门卫后，夫妻俩都住在门口的小屋子里，一年也难得回几趟老家。每年放寒暑假的时候，他儿子就会把孙子送过来，让他们带一阵，这很大程度上缓解了老方两口子的思乡情结。只是这孩子太顽皮，上一年的暑假里，他把范离家门口的那棵发财树攀成了光杆子，还折断了树枝，充当棍棒使，一棒打伤了范离家里养的那条边境牧羊犬。很长一段时间里，那条边境牧羊犬的腿都是瘸的。那次事情过后，范离对老方有了意见，他认为，这是老方没管教好自己的孙子。老方却不那么看，他觉得狗毕竟是动物，跟人不能比，狗腿瘸了，没那么金贵，几天后就自己恢复了。他不知道范离把他的狗送到了宠物医院，又挂盐水又动手术，前前后后花了一大把钱。

见众人七嘴八舌地议论鸽子的事，老方突然发了狠，他一把甩开孙子，在他脸上抡了个大嘴巴。小孩愣了一下，继而大哭起来。这让人有些猝不及防，看热闹的人纷纷往后退，范离也很尴尬，他转而劝老方，别冲孩子撒气。老方并不收敛，破口大骂自己的孙子，孩子哭得地动山摇。老方的老婆从屋里冲了出来，她把孙子抱进了怀里，转而骂老方。场面一下子热闹了起来，老方的老婆还说,别人也偷,为什么全怪到她孙子一个人身上。

我忘记了当时是怎么从人群中退出来的。父亲也低着头,他也怕老方的老婆一激动,把他指认出来。

范离只能作罢,他觉得有点委屈,站在那里悻悻地说,他也不是要追究谁的过错,到最后好像都变成了他的错。好几个邻居围在范离旁边,说了一些宽慰他的话。

那天,父亲在家里说,其实买只鸽子也花不了多少钱,这么做真有点不值得。母亲在旁边收拾着东西,她说,是啊,当初怎么就没想到呢。父亲看着她,坐了一会儿说,要么去菜市场买几只来,放回去。母亲有些担忧,她说,不知道菜市场买来的鸽子跟范离养的是不是同一个品种,万一买回来合不了群,一放都飞走了呢?

后来,我看到父亲去找范离聊天。范离在院子里端着个竹筐,正在给乌龟喂肉。从竹筐里挑出来的都是切好的生肉,那些乌龟像一群孩子,纷纷围拢过去,叼起肉,拖了就走。父亲惊讶地说,你给乌龟吃这么好的肉?范离笑了笑说,一直都是这个肉啊。父亲看着色泽新鲜的肉说,人也可以吃。范离哈哈大笑,说,胃口还是它们好,人还吃不了这么多。

他们隔着白色的栅栏,一起聊了很长时间。父亲问到鸽子的时候,范离看了他一眼说,怎么,你也对鸽子感兴趣？父亲讪讪地笑着，说，这不是老了，没事干吗？也想买几只鸽子来喂喂。

范离说，这是好事，我们可以交流交流。

父亲于是问了个很业余的问题，他说，菜市场的鸽子可以吗？

范离轻轻地皱了皱眉头，说鸽子分信鸽和肉鸽，从菜市场买的鸽子一般都是肉鸽，不爱飞，放生了会死的，信鸽得去花鸟市场买，或者去他养信鸽的朋友那里买，他可以介绍父亲认识。

父亲尴尬地点了点头说，原来还有这么多讲究。

范离说，信鸽一般脚上有足环，像枚戒指。

父亲说，这我知道……他突然意识到自己说漏了嘴，脸涨得通红。范离又看了他一眼，顾自己喂着乌龟，两个人沉默了好一会儿。父亲终于开了口，他说，其实……我也不是对鸽子感兴趣，我……我有点对不住你，晚上去抓过你养的鸽子……

范离轻轻地笑了一下说，我知道啊。

又是长时间的沉默。范离突然说，这事过去就过去了，我知道你下次也不会去抓了，不然你也不会来跟我说。

父亲连连点头，说，也是也是。

范离又问了一句，你们抓到鸽子后，把它们怎么了？

我从来都没看到过父亲这么窘迫。他的身子往下缩，几乎要躲到栅栏边的灌木丛里去，额头上也渗出了汗珠。他的声音小到几乎听不见，他说，炖了汤，给儿媳妇吃了，我们总觉得鸽子补。

范离的眉头皱得很深，显然他很厌恶听到吃鸽子。他拨弄着竹筐里的生肉说，你们怎么什么都吃？如果想吃鸽子，我可以买几只肉鸽来给你们呀。

父亲说，不是这个意思，这不是……这不是童心萌动，觉得好玩吗？

范离一本正经地说，我觉得一点都不好玩。

父亲继续赔着笑脸，他说，其实买几只鸽子来，我也是想补偿补偿以前的过失。

范离说，那不用了，说过就好了。

两个人推来让去地客套了很久。大概范离也感受到了父亲的窘境，他突然说了一句掏心窝的话，你别笑我啊，我觉得跟人打交道真的挺累，有时候还是跟这些小动物相处得更愉快点。

父亲说，哪里哪里。

范离看着父亲说，如果不是真的喜欢鸽子，买来了也是养不好的。我们常常觉得自己比那些小动物高级，动不动就捉来玩，玩腻了就杀了吃，可是有考虑过它们也是一条生命吗？我们尊重过它们的感受吗？

父亲一直赔着笑脸，隔着栅栏认真地倾听着。他突然收起了笑容，很认真地咀嚼着范离的话，继而说，也是，也是。

那天，父亲回到家里就瘫坐在了沙发上，他似乎从来都没有这么疲惫过。母亲给他倒了一杯水，端到他面前，他看了一眼，示意她放在茶几上，说不出一句话来。母亲从妻子怀里抱过孩子，一边亲着他圆嘟嘟的脸，一边偷瞥了几眼父亲，她最终决定放弃搭讪，让父亲休息一会儿。

父亲就这么一直坐着。坐到傍晚时分，他突然想起了什么，从沙发上站了起来，一个人上了楼，把那个塑料笼子搬了下来。他问我，这东西叫什么。我说，叫螽斯，又叫纺织娘。他又说，不养了，从哪里来，放回哪里去。

我帮他解开了上面的蝴蝶结，来到了门前的南瓜丛中。我看了一眼天空，夕阳的余晖已经收尽，但天还没全黑，天空是深蓝色的，透着一股冰凉的气息。父亲把篮子放在南瓜叶上，也许是关的时间太久了，那只螽斯一动不动，它大概也在打量突然广阔了的头顶。父亲用手指在它的后腿处动了一下，它往前挪动了一下，突然张开翅膀飞了出去，一下子消失在视野里。

墨　镜

郭盖在梦中见到了另一个自己，他长着树根一样四通八达的胡子，大半张脸都淹没在胡子丛中。他很惊奇，找来了一把菜刀，在镜子前刮起了胡子。胡子像麦子一样被收割，发出清脆而整齐的声音，那个声音让郭盖很享受。刮干净后，郭盖摸了一把自己的脸，那触感很真切，他吓了一跳，意识到这不过是一个梦，但他没有立刻醒来。

镜子中的郭盖干净了很多，只是脸上留着一层青灰色，像抹了一层均匀的锅灰。一个女人从身后走了过来，她看到了郭盖的样子，显得有些不高兴，埋怨声轻轻的，连续不断，像旧社会被压抑的妇女。郭盖听着这种絮絮叨叨的啰唆觉得很幸福，他第一次真切地感受到两个人组成了一个家庭，这感觉原来是这么奇妙的。他走上去掐了一把女人的屁股,女人像一颗弹力球,惊叫着蹦蹦跳跳地逃开了。然后是追逐、嬉闹、关门和床上的席梦思弹簧发出要断裂的声音……

梦到这里,郭盖醒了。窗外传来小孩玩耍的声音,仿佛有一百米远的距离。郭盖想起床,却动弹不得,他发现自己被毯子裹得严严实实。他朝左边翻了一圈,拎住毯子的一角,又朝右边滚了一下,终于把自己的身体从毯子中解放出来。他胡乱地把毯子抖落在床上,想不明白为什么每次睡觉都像作茧自缚,毯子竟然会把自己缠得这么密不透风!

刚做的梦显然触动了他,他走到镜子面前端详起自己的脸,眼皮下的那道刀疤仍旧在,像五线谱中的蝌蚪般的音符。胡子前一天他刚刮过,已有一层细密的黑点钻出了皮肤。那个女人是谁?郭盖使劲地回忆着梦中的细节,仿佛还能听到她的笑声,但她的容貌却一团模糊。她似乎成了一种召唤,提醒着郭盖该为自己找一个归宿。

郭盖洗漱完毕,戴上墨镜就出门了。他本来打算今天去郊区拍一组照片的,临时又改了主意,决定先去银行把水电费缴了。房东何大妈最近常常发火,她说,还没有碰到过赖水电费的房客,如果房子断电断水了,她就再也不租给郭盖了。仿佛房子是她娇贵的孩子,断了水电,会影响它的健康似的。郭盖一直跟她解释自己确实没时间，不是有意拖欠的。何大妈却听不进去，她专程跑了三趟，觉得这已经让她损失了很多。言外之意是她的时间是值钱的，郭盖没有付给她跑腿费，她很生气。

郭盖到了公交车站，他乘坐的12路公交车过了很久才开过来。车子拥挤得像一个快塞爆的罐头，有些人把脸贴在了车门玻璃上，印出一块平整的肉来。到了停靠站，车门哧哧地响了几下，终于豁然而开。罐头又成了一个打开的果冻，那些人几乎从车门的缺口处倒下来，他们晃悠悠地抖动了几下，终于硬生生地稳住了。司机大喊着，往后门走。人们相互看了看，蠕动了一下，又停在了原地。

郭盖像条鲶鱼，愣是从人缝里挤进了半个身位，他的一只脚站上了车，另一只脚悬在了车门外。这个类似于打入一枚楔子似的动作惹来了周围人的不满，他们有的抱怨郭盖太粗鲁，有的干脆从公交司机骂到公交公司，又从公交公司骂到城市管理。因为市区正在建地铁，道路被挖得一片狼藉，到处堵车，公交车延误是常有的事情。

郭盖从人群中抬起头，大家发现他戴着墨镜，看不到他的表情，熙熙攘攘的抱怨声持续了没多久，就又重新归于平静。车门很突然地响了一声，合上车就开走了。

车厢内很沉闷，没有一个人说话。这种氛围像阴雨天气,让人难受。僵局是被一个小女孩打破的,她像一个洋娃娃一样被她母亲安放在了一个没有座位的油箱盖上。那里因为不能坐人,被乘客的行李杂乱无章地占满了,小女孩就坐在这样的一堆物品中间。她打量世界的好奇目光很快被郭盖的墨镜吸引了过去。她问她妈妈:"那个人是黑社会吗?"

郭盖看到周围很多人的嘴角动了一下,又忍住了。那个年轻妈妈看了一眼郭盖,紧张得满脸通红,她回头拉下了脸,跟自己的女儿说:"妈妈怎么教你的?这样说叔叔不礼貌的!"

小女孩立刻意识到了自己的错误,她"啊"的一下调皮地捂住了自己的小嘴,但她的目光仍旧停留在郭盖的墨镜上。郭盖看到了她清澈的眼睛,那枚瞳仁又黑又大,像嵌了颗围棋子。郭盖冲她浅浅地微笑了一下。她也笑了,她的小手放了下去,露出一嘴细细的乳牙,其中有一颗门牙掉了,模样很逗人。

从小女孩的表情来看,她内心里又冒出了各种各样的疑问,她拿捏不准,这时候到底该不该再问她妈妈。公交车仍旧一松一紧地开着,像一个吃多了打嗝的醉汉,开到三眼桥附近时,小女孩终于忍不住又开口问她妈妈了:"妈妈,可以给我买一副叔叔那样的墨镜吗?"女孩的妈妈又回头看了一眼郭盖,她为自己的女儿一再提及郭盖感到有点愧疚。这次,她冲郭盖友善地笑了一下,郭盖突然想到了梦中的那个女人。

那个女人对自己的女儿说:"小孩子不能戴墨镜的!"

"可是嘉怡有的,她放在书包里,下课的时候拿出来给我们看过的。"小女孩提到了自己的同学,想以此为借口,要求她妈妈也给她买一副。

"妈妈的话也不听了吗?"女人显得有点不高兴了。小女孩的情绪也马上低落了下去,她自言自语地说:"嘉怡的墨镜是她爸爸给她买的!"女孩说到这里显得很委屈,她看着郭盖,目不转睛。显然,她意识到自己成了一个不懂事的孩子,但她就是不妥协。她碰了碰身边的那些行李袋,想引起她妈妈的注意。换成平时,她妈妈一定又会教育她,这样碰陌生人的东西是不礼貌的。但这次她妈妈看了看她,却什么话也没说,这让她感到更加委屈。

借着刹车的惯性,小女孩一下打翻了其中一个塑料袋。一个老太太赶紧把东西捡了起来,嘴巴中念念有词,对于一个小孩,她也不好意思大声埋怨。这次,女孩的妈妈终于不好意思地跟人家道歉了,一边还数落起了自己的女儿。小女孩却好像很开心,竟然对郭盖扮了个鬼脸,郭盖也笑了。

此时，车子停靠在了枫叶小区的站台边，很多人都在这一站下了车。郭盖看到那个女人利索地把她女儿从物品堆上抱了下来，一手牵着她，一手拎着包往后车门挤去。郭盖要去的银行在下一站，眼看车门要关上了，他临时决定在这一站下车了。

下了车，女人在抱怨自己的女儿不懂事，看到郭盖也下来了，女人牵起女孩的手，略显慌张地走了。郭盖看着她们走进了不远处的菜场。犹豫了一阵，郭盖也去了菜场。

那是一个很小的菜场，只有三个菜摊、两个肉摊、两个卖鱼的摊位和一个卖贝壳类海鲜的摊位。那个年轻妈妈正领着她的女儿在买鱼。卖鱼的两个摊主长得很像，分明是一对亲兄弟，一摊生意红火，一摊一个顾客也没有。虽然是一样的货色，但大家都喜欢往人多的地方凑。生意冷清的仿佛是哥哥，看着弟弟手忙脚乱，他坐在摊位上抽闷烟，神情微微地有些尴尬。弟弟是个活络的生意人，一边杀着鱼，一边跟还没过秤的顾客攀谈，询问他们要什么样的鱼，介绍多少价格等等。话一接上，他的生意就不会溜走了，手上的鱼也杀得麻利了。

他跟这个交谈两句，跟那个交谈两句，竟然同时有七八个人被他牵住了。年轻妈妈等不及，去了旁边他哥哥的摊位。这下他的方寸乱了，手上的鱼也抓住这个机会，从他手上挣脱出来，到处乱逃。他刮鳞片的速度也慢了许多，旁边有人安慰他，让他慢慢来。他虎视眈眈地看了一眼他哥哥，眼睛竟然通红，布满血丝。

这样的竞争其实也发生在菜摊和肉摊上，唯独卖贝类海鲜的摊主没有这个忧虑，他从来不主动跟顾客打招呼。顾客要挑选贝类海鲜了，他也只是懒洋洋地扔一只塑料袋过去。相比于卖鱼的两兄弟，他的体形也暴露了他得天独厚的优越条件——他上半身像个酒桶，下半身像个支架，没有脖子的脑袋镶嵌了五官，五官淹没在肉里。所有摊主里，他人缘最好，跟左边的打完招呼，又跟右边的开上玩笑。谁碰上找不开零钱，也都跟他兑换。

再说那个年轻妈妈，到另一个鱼摊买了条鲫鱼，她女儿就发现了郭盖，跟她妈妈说："那个墨镜叔叔！"看到郭盖，那个女人意识到这有点像跟踪，她慌忙地牵起女儿的手要离开。郭盖装作若无其事地在那些摊位上看来看去，用眼睛的余光注意着那对母女的动向。她们又在水果摊前停留了一小会儿，然后就出了菜场。

她们从菜场一离开，郭盖也把手从鱼箱的水中抽离了出来，他几乎一路小跑地出了菜场。菜场外是大街，人来人往，那对母女不见了踪影！摘下墨镜，阳光晃得让人有点睁不开眼。那时候，郭盖心里涌起了一股强烈的失落感,有点"世界很大,不知道该往哪里去"的感觉。

郭盖在那条到处都是陌生人的大街上徘徊了很久。他想,这次碰不到了,也许一辈子都碰不到一起了。今天是他跟这对母女距离最近的一次,或许几个月或者几年后,他在人群中再见到她们,小女孩已经长大了,她妈妈也老了,他们相互之间谁也不认得谁了。

郭盖走进枫叶小区,那里有空荡荡的健身器材,拐几个弯,就是冷清的老式住宅楼,还有夹在楼与楼之间的水泥弄堂,那里没有一个人,连孩子的玩耍声也很少听到。水泥弄堂里有几块不太平整的下水道盖板,夹缝里生长着几棵含羞草。郭盖蹲下身去仔细打量起它们来,这是一种敏感的植物,据说稍一碰,它们的叶子就会闭合起来。那几棵含羞草的叶子最大限度地张开着,像蜗牛伸着长长的触角。

郭盖又看了看周围的住房,猜想着那对母女会住在哪一间,或许她们也看到了自己,正躲在哪扇窗户后面,注视着他的一举一动?想到这里,郭盖感到有点窘迫,他不敢四处张望,尽量装出一副不会被人误解的样子。

一只手突然拍在他的肩膀上,郭盖吓了一跳,一回头看见小女孩正笑嘻嘻地看着他。小女孩是一个人跑出来的,她见到了郭盖很兴奋,问他从墨镜里看周围是什么样子的。郭盖本来想把自己的墨镜摘下来给她戴,又担心她见到了自己脸上的那道刀疤害怕，就说："叔叔给你买好吗？"

"要买两副，一副是粉红色的，一副是绿色的。"小女孩看着郭盖的墨镜说。

"为什么要买两副呢？"郭盖很好奇。

"因为嘉怡的那副墨镜是绿色的，但我喜欢粉红色。"小女孩又提到了她的同学。

"那为什么还要买绿色的呢？"

小女孩告诉郭盖，她的同学因为有了这副绿色的墨镜，连班长也主动跟她说话了，她确定不了粉红色的墨镜会不会让大家都羡慕。郭盖笑了笑，爽快地答应了她。

去眼镜店的路上，小女孩拉着郭盖的手，因为步子太小，她一直紧紧地跟着，不时地要小跑几步，以便跟上郭盖。她的话跟脚步一样，连续不停。她说："戴了墨镜，我要把头发扎成辫子！""用红绳子扎起来，我有两根粉红色的皮筋。""如果没有绿色的墨镜，就买个橘红色的吧！"

郭盖突然问："你这样出来，你妈妈会担心吗？"

小女孩脸上露出了犹豫的表情，片刻过后，她又阳光灿烂地说："你快点啊，我们马上回来的。"说完，她甩开手，一个人在前面健步如飞，郭盖跟在她身后。两个人走了一段，小女孩就满头大汗地停下来，催促他走得快点。

这时候，变天了，他们身后的乌云黑压压地赶上来。

他们在前面走,后面的半边天像发生了灾难,密集的雨声像慌乱的脚步,沙沙地响着追上来了。离眼镜店还有一段路,显然他们不快点赶到那里,就会被淋成落汤鸡。

这时候,小女孩感到了害怕,她跟郭盖说:"妈妈找不到我,肯定担心死了!"

"那你不要墨镜了吗?已经走了那么远的路了,就快到了。"郭盖显得很为难,"如果现在回去,我们之前的努力都泡汤了,你妈妈看到你,也还是要责怪你的。"

"可是就要下大雨了!"小女孩看着紫中带红的闪电,感到了害怕。

"你看这样好不好?我们先找个地方躲一下,等雨过去了,我们再去买墨镜,买了墨镜,我们赶紧再回去?"郭盖说着,指了指不远处的银行,"叔叔刚好要到那里去缴水电费,我们去那里躲一下。"

两个人跑进了那家银行,里面站着不少人。有的也是躲雨的,手上拿了个号,站在那里一直看着外面的雨,却丝毫不关心受理窗口显示的号码。大堂的工作人员一见到郭盖,就询问办理什么业务。郭盖说缴水电费,然后拿出了一本存折,工作人员戒备的态度马上有了缓和。

取了号以后,郭盖和小女孩坐在大堂的椅子上等着办理手续,窗口的号码显示他之前还有十五个人。郭盖问了小女孩的名字,小女孩说她叫乐乐。郭盖想问她家里的情况,乐乐仿佛能看穿他的心思,嚷着让郭盖先把墨镜给她戴戴。郭盖没有办法,就把墨镜摘了下来,顺势用手把脸上的刀疤盖住了。他的动作很连贯,仿佛很自然地做了个托下巴的动作。

乐乐把墨镜拿过去戴上,因为太大,把她整张脸都遮住了。墨镜在她鼻子上架不住,往下滑,她干脆把墨镜拿在了手上,架着那副墨镜,像端着个望远镜一样把银行内外看了一圈。她在那里一边看,一边说:"好黑呀!"看了一会儿,她把墨镜拿在了手上,小声说道:"我知道了,墨镜可以让晴天变成雨天,让雨天变成夜晚!"

她大约是第一次戴墨镜,并不知道墨镜的真正用途。郭盖说:"墨镜主要用来遮挡刺眼的阳光,所以它也叫太阳镜。"

"没有太阳不能戴墨镜吗?"乐乐天真地问。

"也能戴,就像光头的人习惯戴帽子一样,用来遮盖自己的缺陷。"

乐乐若有所思,她说:"我知道,黑社会戴墨镜,是他们不想让别人看到他们的眼睛。他们的眼睛肯定很凶吧?"郭盖托着下巴呵呵地笑了起来。不过,他马上意识到动作过大,会让他脸上的刀疤露出来。他赶紧收拾起了情绪,从乐乐手上要回墨镜,背过身去,把墨镜戴了回去。

这个细小的举动却骗不过乐乐的眼睛,她说:"叔叔,你是黑社会吗?"郭盖很惊讶,他说:"不是啊,你怎么会那么想?"

"那你为什么捂着你的脸呢?"

"叔叔有道疤,担心你看见了会吓一跳!"

"我不怕的,你让我看看。"乐乐说着,就要去抓郭盖的墨镜,被郭盖挡了下来。在这个小女孩面前露出那道刀疤,郭盖觉得比在其他人面前做同样的事,要尴尬很多。他也不明白,为什么在这个小女孩面前,自己会一下子变得那么羞涩,那道疤甚至丑得让他觉得有点难以启齿。

乐乐被拒绝后,仍旧不依不饶,似乎看到那道刀疤,比让他给她买墨镜还要重要。郭盖沉下脸,也没能阻挡住她强烈的好奇心。她在那里强作欢颜地撒娇,但谁都看得出来,她马上就要哭出来了。

郭盖只好悄悄地跟她说:"只看一眼,吓到了别哭!否则大家要误会叔叔的!"乐乐爽快地答应了下来。

在摘掉那副墨镜前,郭盖深深地吸了口气。乐乐的眼睛睁得很大,一动不动地盯着他的脸。那条蚯蚓似的刀疤肯定吓人极了,郭盖发觉自己的手心也开始冒汗了。

这时候,服务窗口叫到了郭盖的号码。那个电子系统发出的声音对郭盖来说，简直像来自上帝的福音。在他内心最纠结的时候，上帝拉了他一把，把他从一个小女孩的纠缠中解脱了出来。他看了看自己手中的号码纸，冲乐乐摊了一下说："轮到我了！"乐乐很失望。服务窗口一遍又一遍的催促成了郭盖不顾一切的理由，他站起来，跑了过去。

水电费缴得很顺利，等郭盖从窗口出来，乐乐就不见了。大雨已经停了，天空放晴了，阵雨来得快，去得也快，只有花粉般的雨丝还在空中零星地飘着。但郭盖心里紧了一下，乐乐会不会被别人拐跑了呢？他马上又安慰自己，多半是因为自己没有把墨镜摘下来给她看，她生气了，一个人回去了。

郭盖跑到了外面的大街上，沿着来时的路往回赶，一直跑到背上出了汗，也没有见到乐乐的影子。从时间推断上看，她一个小女孩不可能走得那么快。这时候，郭盖的担心就越来越厉害了。他想到了乐乐的妈妈，心里变得愈加烦躁。本来让乐乐跟一个陌生人走掉，这样的情况就足以让一个母亲崩溃了，现在竟然半途又下落不明了！

郭盖走着走着，步子就慢了下来。如果别人在这时候看到他，会觉得他是个游手好闲的混混：大白天，一个成年人，在大街上漫无目的地晃荡着。他一会儿在樟树前停下来,神情怪异地看看树皮,又毫无来由地踢上一脚;一会儿又走入旁边的公园,在江边的栏杆前站上一阵,抽掉一根烟,最后把烟头往江里弹得很远。

郭盖看了看天,想着或许等天黑下来后,那个叫乐乐的小女孩又坐在饭桌前,跟她妈妈商量着她考试考多少分,让她妈妈奖励她一副墨镜呢?他强迫自己不去想让人沮丧的另外几种可能,想如果再给他一次机会,他一定先把墨镜摘下来,哪怕真的吓到她。小孩子的愿望是不能拖欠的!

那个老式小区出现在了面前,郭盖最终还是没有勇气走过去。他一个人慢慢地往相反的方向走,这时候的他像意识到了危险的小动物,小心翼翼地往回撤。

他再次来到银行的时候,发现乐乐竟然坐在银行门前的台阶上等他。他兴奋地摘了墨镜,跑上去一把把乐乐抱了起来,随后惊喜地问她一个人跑到哪里去了。乐乐低着头,看着郭盖脸上的刀疤,她显得很平静,脸上没有多余的表情。这时候,郭盖才发觉她手中举了一枚棒棒糖,她大约吮了很久,嘴角上还留着糖果的印痕。郭盖把她放了下来,从口袋中掏出了纸巾,帮她把嘴角的印痕擦干净。直到这时,乐乐的目光才从郭盖的脸上移了开去。她显然是想问郭盖这个刀疤是怎么来的,但抿了抿嘴,又似乎不知道该怎么问。两人分开了一段时间，仿佛一下子就疏远了。郭盖的热情和兴奋显得有点格格不入，他自己也感到了些许的尴尬。

他问乐乐："我们还去买墨镜吗？"乐乐犹豫了一阵，淡淡地答应了下来。她好像一下子变得兴致索然，跟之前那个兴冲冲拉着郭盖去买墨镜的她相比，俨然换了个人。郭盖又问她："怎么了？有人欺负你了吗？"她摇了摇头。于是，郭盖就带着她往眼镜店走。一路上，乐乐都没有开口说话，她任凭郭盖拉着她的小手，偶尔舔一下手中的棒棒糖，走路像个布娃娃，毫无生气。

"你喜欢吃棒棒糖吗？"郭盖问。乐乐又吮了一下手中的棒棒糖，点了点头。

"你要吃棒棒糖，跟叔叔说一声啊！你一个人跑出去，叔叔还以为你走丢了呢！"郭盖看着她，她单纯的脸蛋上刮过一层愁云，似乎有点厌恶郭盖过分关心她。

其实郭盖知道她想问那个刀疤的事，可是这件事跟一个孩子怎么说呢？那是在他还是个追风少年的时候，他跟一个刚生完孩子的老师暧昧到了一起。他现在也为这件事感到后悔。当时，两个人稀里糊涂地躺在床上，正要做那件事的时候，睡在旁边摇篮里的婴儿突然哭了。那哭声惊天动地，吓得年少的郭盖不知所措。老师却一把拖住了他，对他说："既然都这样了，就完成吧。"郭盖只好机械地完成了任务。那是他第一次接触女人的身体，却给他留下了非常恶劣的印象。在那个过程中，他始终觉得有一双眼睛在背后死死地盯着他。那个糊涂的老师不停地安慰他，告诉他小孩在三四岁前是没有记忆的，让他不要有心理负担。

后来他问了老师，为什么要那样对待自己的家庭。老师说，她要报复她丈夫，她丈夫去了澳门赌博，欠下了巨额债务，整日东躲西藏，逃避追债的人，而所有这一切恶果，都是从她丈夫在她怀孕期间认识了一个狐狸精开始的。那时候，郭盖觉得很受伤，他成了别人报复的工具。为了让老师断了这个念头，他狠狠心，在自己脸上刻了一刀。刻的时候，他照着镜子。当那张完美无缺的脸破碎时，他脸上还浮现着欣赏的表情，但看着看着他就泪流满面了。

后来他喜欢上了摄影，喜欢用另一只眼睛去看这个世界。他戴墨镜也不全是为了遮丑。他害怕色彩，尤其是鲜艳缤纷的色彩。在他的眼里，那些树的颜色比在常人眼里更绿，别人穿的衣服有时候也会惊到他的眼球。戴一副墨镜，可以过滤这样鲜艳的色彩，让他的性格变得不再那么张扬和乖戾。

所有这些，哪一点可以告诉乐乐呢？郭盖自己想起来都觉得无法面对，更何况是一个孩子呢？郭盖和乐乐沉闷地到了眼镜店，他们走到了卖墨镜的专柜前，那些琳琅满目的墨镜远比乐乐想象的种类丰富，这又打破了乐乐低迷的情绪。

只是在试眼镜的过程中，郭盖听到乐乐在小声地跟售货员说："有没有小一点的，我不喜欢把脸都藏在墨镜里。"售货员看着乐乐装出一副大人的样子，觉得有点好笑，出于职业的要求，她又忍住了，给乐乐换了一副架子更小的墨镜。这次，乐乐在镜子前看了很久，她比画了几个样子，仿佛看到她的同学们都面带谄媚地凑上来，她觉得很满意。

最终乐乐买了三副墨镜，相比于心花怒放的挑选来说，她最终的选择已经算克制了很多欲望，这三种颜色的墨镜仿佛让她整个人变得五彩缤纷起来。回去的路上，她的话又多了起来。她说，以后每一个夏天，她就增加一种颜色的墨镜，直到把所有的颜色都集满为止。郭盖很高兴地听着，她又问："那需要多少个夏天呢？"

郭盖想了想，回答道："基本的颜色有七种，但是细分的颜色就多了。比如红色，有樱桃红、石榴红、枣红、玫瑰红等，举不胜举。"

乐乐惊讶地张大了嘴："那我收集不全了！"她仿佛

犯了错,为自己夸下的海口感到羞愧。郭盖安慰她说:"这有什么关系呢?叔叔觉得你这样想也很好呀!"

"我就挑自己喜欢的吧,反正也很多!"她马上又心情灿烂起来。

两人说着说着,就回到了枫叶小区。郭盖其实有个私念,希望乐乐能把他带到她们的家,那样他就知道她们母女住在什么地方了。可是,一进小区,就遇上了乐乐的妈妈,她自从不见了女儿后,惊慌失措得像匹母狼。乐乐先发现了妈妈,那时候乐乐戴着橘红色的墨镜,大声地喊了她妈妈,充满了炫耀和得意的味道。她妈妈尖叫了一声,就哭喊着跑上来,一把把女儿抱在怀里。那个场景让站在一旁的郭盖感到很尴尬。

抱完以后,乐乐妈妈就把女儿从头到脚地看了一遍,仿佛在检查女儿是否完好无损。然后她看到了戴在女儿脸上的墨镜,手上也一边一副,抓着不放。她马上意识到罪魁祸首就是这些墨镜,一抬头,她看到了旁边站着的郭盖。

郭盖意识到麻烦临头了,这个女人的眼睛里烧起了怒火。他赶紧解释说:"我没有要拐骗你女儿的意思。如果真是那样,我也不会把她送回来,你说是不是?"

"那你是什么目的?无缘无故地给一个陌生小孩买墨

镜！这档事哪个小孩不喜欢？你为什么不找别人，就找我女儿？"她说起来还是很激动，马上引来了不少人围观。人一多，郭盖就觉得气氛压迫人，根本解释不清楚。他说："你要那样想，只能随你了。不过，你最好问问你女儿什么情况！"

她把注意力又转回到了女儿身上，耐心地告诉女儿："下次碰到这样的事，不能再跟别人出去了。你真的要墨镜，妈妈可以给你买！"乐乐作出了不信的表情，她说："我不是刚刚跟你说过吗？你不给买！"

旁边的人听得哈哈大笑起来，郭盖也笑了。面对女儿的驳斥，妈妈很耐心，她说："这次是妈妈错了，下次妈妈保证不这样了。告诉妈妈，买这些墨镜花了多少钱？我们要还给人家！"

"可是叔叔说了，是送给我的！"

"陌生人的东西能随便要吗？妈妈平时怎么对你说的？你又忘了！"妈妈显然生气了。她说着，又转头问郭盖。郭盖看到乐乐冲他顽皮地摆了下手，他说："如果要钱，人家还以为我是做生意的，我不能要你这个钱！"

"那好，不收钱，就把东西拿回去！"说着，妈妈就麻利地把女儿身上的墨镜夺了下来，递到了郭盖面前。郭盖看到乐乐的嘴角向下撇了一下，仿佛下雨前的一道闪电,那种委屈让郭盖感到心里很难受。他说:"好吧,我收钱,把墨镜还给孩子!"

乐乐看着郭盖从她妈妈的手中接过一些钱,这时候她面无表情,不知道该怎么办。两边的交接很快完成,人群越聚越多,阻断了交通,不停地有汽车喇叭长时间地叫着。郭盖从人群中抽身离开,很多人诧异地看着他,不明白发生了什么事。

身后,乐乐被她妈妈牵着手往家里走。路上,妈妈对乐乐说:"他是个坏人,你不知道吗?"乐乐摇了摇头,表示自己不知道。然后,妈妈自言自语地说:"整天戴着墨镜,跟躲在黑暗角落里有什么差别!"

"叔叔脸上有道疤,他怕吓到别人才戴墨镜的!"乐乐解释道。

"脸上有疤就更应该是坏人了,刚才多么危险!"妈妈说着,停下脚步,蹲了下来,摸着乐乐的头说,"你知道吗?你吓死妈妈了,妈妈以为再也见不到你了!"说着,妈妈哭了起来。

乐乐安慰起了妈妈:"我以后再也不跟陌生叔叔出去了!"又过了一会儿,乐乐悄悄地告诉妈妈,让她再找一个对象,那样她就有爸爸了,跟着爸爸出去,她就不用担心了。

小家伙的话让妈妈又喜又恨,她轻轻地拍了几下女儿的屁股,竟然有些脸红了。走回家的路上,妈妈问乐乐那些墨镜怎么办。乐乐想了想说:"锁到抽屉里,等我长大了再戴。"

"可都是小孩眼镜呢,等你大了就戴不了了。"妈妈看了几眼手中的墨镜,惋惜地说。乐乐满脸通红,她说:"那送给常娟吧!"

"为什么要送给她呢?"妈妈假装有些困惑。

"因为常娟的眼睛很小,同学们经常要嘲笑她,叫她细眼婆。"

"那好吧。"

"可不可以给我留一副?"

"不行,你自己说要送同学的。"

"可是有三副啊……"一路上,母女俩不停地讨价还价着。

背后有一双眼睛一直看着她们母女渐行渐远,那双眼睛在太阳的照射下发出亮晶晶的光芒,仿佛两颗荷叶上的晨露。很多路过的人都慢下脚步,好奇地打量着这个陌生人,他们的注意力都被他脸上那道刀疤吸引走了。终于,这个男人收回了遥远的目光,他轻轻地拨开了手上的墨镜,戴了上去,然后快步地离开了。

雕塑与男孩

我已经记不清这是第几次相亲了,每次只要一触及我的职业,结局都一样。我是一个在刑警队工作的法医,跟各种尸体打交道,那些可不是一般的尸体,大家都懂的,女孩们听到这个都会害怕。多次相亲无果,我想过是否要表达得委婉一些,但最终还是说服不了自己,因为我不想在生活中埋下一颗定时炸弹,如果对方接受不了我的职业,两个人根本没办法生活在一起。

我的同事阿磊是个刑侦专家,他是个沉默的人,随身带兰花豆,每当他掏出兰花豆,我就知道他在琢磨什么事儿。那天,难得我和他同时在单位,他掏出兰花豆,嚼了几颗后忽然跟我说,他有个堂妹,可以介绍给我认识。当时,我有些惊愕,阿磊是个不愿意管闲事的人,他这一开口,不亚于枯枝上突然冒出新芽。我问他,是不是我老得有点让人心急了。阿磊眼皮都不抬一下,说:"对于这个妹妹,我是考虑得比较慎重的,一般人哪配得上她?"

我琢磨着他这句话的含义,心想这确实该慎重,拂了面子对谁都不好。

阿磊轻轻一笑,继续说道:"我这个妹妹现在在美术馆搞展览工作。他们这代人特别宅,哪儿都不愿意去,即使要出去,也要先搜一下目的地有没有外卖。读书的时候如此,放暑假了也是如此,每天在家里点外卖。有一次,碰巧我和几个朋友路过她家小区,遇到她下楼取外卖,她看到我,叫了我一声,我那些叽叽喳喳的朋友一下子就安静了,连送外卖的快递小哥都停下电瓶车,在那里磨蹭着抽了根香烟,还不停地给下一单打电话,说要晚到几分钟。"

我被阿磊的话深深吸引住了。这样的描述无法不让人产生好奇,又无法不让人自惭形秽。我说:"你确定是在给我介绍对象吗?我们这一行,不让人嫌弃就不错了。"

阿磊轻描淡写地说:"这对她来说不是问题,她大学读的是雕塑专业,对人体的了解可能并不亚于你。"这话我是相信的。阿磊有一个精密的大脑,直觉准得让人起鸡皮疙瘩。有时候解剖尸体,寻找犯罪证据,他看一眼就能找对地方。

只是这么出众的女孩照理说不该沦落到相亲的地步，阿磊是这么解释的，他说正因为她太出众了，让所有人都厌了，追求者反而少了。阿磊见我还是有些不信，补充道："当然眼界高也是一个原因，一般人她也看不上，倒是对我们这行还挺崇拜，经常逮住我问这问那。"我忽然间有些不好意思起来。不过，她既然对我的职业不抵触，我倒确实有兴趣见一见。

阿磊两边牵线，我顺利地加上了他堂妹的微信，她叫张蕾，微信用的是真名，这比较罕见。社交软件就这点好，解决了陌生人见面的尴尬。那年春天，我们成为虚拟世界里的朋友，用一个季节消除了彼此的生疏感。到夏天的时候，我们才开始约见面，地点是张蕾选的，在一个江边公园的西餐厅里。

那里原来是一个动物园，后来动物园搬到了郊区，那里只剩下一些参天大树，就成了公园。可自从动物园搬走后，那里的人气也随之消失了，它变成了一个了无生气的地方。动物园在时建成的雕塑依然保留着，但早已锈迹斑斑，感觉谁尖叫一声就会掉一地的碎屑。半径五十米的摩天轮依然高耸，虽然停止了转动，但当夜幕降临时，安装在摩天轮上的景观灯便会亮起，闪烁之间好似孔雀开屏。

我一直不明白，餐厅一般选在人流密集的地方，而这个几乎不太有人去的地方竟然还开着一个西餐厅，门可罗雀却倔强地坚持着不关门歇业。走进去，发现座位几乎都空着，服务员和厨师站在吧台那里聊天，看到有客人光临，他们只是稍稍收敛一下，继续站在那儿聊天。有一个孤零零的服务员在打扫卫生，看得出来，她内心里有些怨气，大概是受欺负的那一类角色。

我先到，等了没多久，张蕾也进来了。虽然在微信里看到过她照片，见到真人，我还是略微有些紧张。她身材修长，比照片中漂亮，化了淡妆，精致的五官边缘有一道丝一般柔和的线条，看人时眼睛会发光。看得出来，她也有些拘谨。落座后，服务员递上一杯柠檬水，她立马喝了一口。随后缓住了神，她看着我的衣服说："这么热的天，你还穿得这么严实？"

确实，我衬衣的每一颗纽扣都扣得一丝不苟，我不是为了见她才这么做的。夏天我从来不穿短袖、短裤和凉鞋，这是多年养成的习惯，改不了。我笑了笑，向她解释："我不习惯把身体裸露在外面，可能跟职业有关。"

她笑了笑，放松下来说："你们要经常接触腐烂的尸体吗？"

我一愣，随即点头，说那是家常便饭。她下意识地看了一眼我的手,这几乎是每个女孩听我谈到职业时都会有的举动。我的手指比较细长,几乎每个指甲都露着一块健康的月牙。长年靠手工作,我的每一根手指都灵活得像一只翻飞的蝴蝶。有人说,这应该是一双弹钢琴的手,理应接受鲜花和掌声。可惜,它偏偏选择了手术刀。一般的女孩只要看一眼我的手就会浮想联翩,慌忙得失态。她比较特别,看了好一会儿,忽然眉头舒展开,竟然笑了。这让我悬着的心也跟着放松了下来。

她和别的女孩确实不一样,一般人听到"尸检"这个词,会避之唯恐不及,她却随之产生了好奇:"你第一次接触尸体是什么感受?听说很多人会崩溃。"

她的话一下子把我拉回到第一堂解剖课。上课之前,大家都有过心理建设,但一走近浸泡尸体的池子,很多同学闻到那股刺鼻的福尔马林气味,扭头就跑出了实验室。我还好,因为天生对气味不敏感。他们说这是做法医的一个先天优势。我那批同学中,有好多奇葩的人。有些人对气味过敏,有些人接受不了那种触觉,甚至还有人听不得硅胶手套和器官摩擦的声音,让这些人来解剖确实有点强人所难,每个人都像脖子上架了把刀,战战兢兢,如履薄冰。我们的解剖学老师是个五十多岁的女教授,那天她气得面色通红,说她从来没有碰到过这么娇生惯养的学生。

我从开始学解剖就一直留意,自始至终没发现自己有什么致命弱点,还一直沾沾自喜。结果上完课,到食堂吃饭,让一份没熟的红烧肉给整破防了。

张蕾笑了起来,她翻着菜单说:"那你还吃牛排吗?"

我点点头说:"可以啊,现在早就习惯了,只是刚开始那会儿对肉有抵触。"

她又笑了笑,问:"牛排你要几分熟?"

"十分。"看着她抿嘴又想笑,我解释道,"这纯粹是个人饮食习惯,和别的无关。"

"太熟的牛排并不好吃哦。"她微笑着提醒。

"我知道,硬得跟鞋底似的,但习惯了——唉,习惯本身也是种可怕的陋习。"我忽然意识到了这一点。

她轻轻地向后甩了一下头发,又用手拨了拨落在肩膀上的几缕长发说:"可能是职业潜意识训练出来的,总比陷在敏感中难以自拔好。"

我承认,这句话让我对她好感倍增,她确实有着非同一般的气质和出众的情商。

牛排端上来后,她越来越放松,这从她娴熟地用刀叉的样子就可以看出来。吃到一半,她脱下了外套,先前那种拘谨也仿佛像层外衣,被抛到了椅背上。她说,这地方平时不太有人来,虽然地段也不算偏僻,却好像一个被人遗忘的角落。

我深有同感。虽然在这个城市生活了那么久，但是这里顶多来过两三次，一次估计还是童年的时候到这里的动物园来玩，之后可能也来过，但奇怪的是每一次来，我都毫无印象，仿佛置身于一个完全陌生的环境。

张蕾说动物园在这里的时候还是热闹的，尤其是周末和节假日，城里的家长常常带着小孩来这里玩，那时候动物园的门票很便宜。

这地方三面环水，往南能看到姚江的闸门，公园南端有一块向江里延伸的滩涂，沉积的淤泥里嵌着好几条破船。这里曾经充满欢声笑语，一旦失去了往日的热闹，现在就显得加倍的宁谧。其实，它没有比人们想象中更寂寥。

张蕾喜欢来这里，有一个重要的原因是这公园里的所有雕塑都是她老师的作品。她老师是一个在美术界很有影响力的雕塑大师，可教完他们这一届学生后，移民去了欧洲。张蕾说，她有空就来这里走一走，看看老师留在这里的作品，也算是一种和老师的对话，她总担心这些雕塑某一天会被清理掉。

我蛮喜欢张蕾的这种性格，爽朗利落，没有同龄女孩的捉摸不定和阴晴起伏。相比于她的阳光灿烂，我不免想起自己那段不堪的日子。曾经有一段时间，我心里特别压抑，总感觉自己走进了一片无边无际的黑暗中。那段时间，我几乎每天只能睡三个小时，睡不着了就去江中游泳，一直游到天亮为止。

张蕾的眼睛明亮得像湖水，她说，她也喜欢游泳，游泳可以让人放松。我说："我是没办法，那段时间我特别不喜欢一个人待在房间里，一坐下来，四周就会有不断逼近的压迫感，让人喘不过气。在外面走，总感觉后面像跟着一个人，甩也甩不掉。"

张蕾说，这是心理问题，你得去看心理医生。我说，我也尝试过，没什么效果。抑郁是很艰难的，正常的人根本没法理解。看到高楼就想站到屋顶上去，我知道，站上去，可能就跳下来了。

说完，我的脸烧了起来，我也不明白为什么突然会讲这些。张蕾沉默了一会儿问，那你现在还好吗？我说，后来就走出来了，你肯定猜不到我是怎么恢复过来的。我无意间去滑了一次雪，忽然迷上了这种运动，滑了一段时间后，我竟然奇迹般地好了。张蕾问为什么。我说，滑雪的场地没有任何遮挡物，它的开阔和明亮能驱散心里的那团黑暗。

张蕾听了我的讲述，对我的回答深信不疑。我想，这真是找对人了，一般的女孩哪能理解其中的奥妙，而她无须过多解释，一点就通了。

她安静地坐在对面，切着面前的牛排。过了一会儿，她小声说，你应该还有故事藏着没讲。我知道，她在问我为什么会陷入抑郁中。于是，我想起了小米这个人。

小米是个读初二的孩子。当初，他父母慌慌张张来报案的时候，我们以为这又是一起厌学引起的出走事件，这个年龄段的孩子普遍有逆反心理，容易做出格的事，失踪一段时间，大多会自己回来。所以，最开始的时候，我们也没太当回事，但随后他们拿出了小米留在家中的遗书，这引起了我们的重视。

那天，我们去学校调取监控，发现小米最后一次出现在监控中是在学校大门口，他独自一人走出了学校，之后去向不明。在他的同学和老师中调查了一圈，他们都说他最近没什么怪异的行为，可能期末临近，心理压力有点大，产生了厌学情绪。我们又对学校周边进行了搜索，找了好几天都没找到人。那时候，小米的手机号码、身份证号码都被列入了监控范围。也就是说，只要他一露头，我们就能知道他在哪里出现过，但布控了一周毫无所获。之后，搜寻工作也跟着搁置了起来。

一个月后，小米在学校后山一个荒废的仓库中被发现，当时已经自缢身亡。我去了现场，尸体已经白骨化，脖子上勒着两根鞋带，球鞋被丢在一旁。

履行完尸检程序，确认了小米的身份后，他的父母才被带来相认。经过一个月的煎熬，两个还未满五十岁的人一下子老了。小米的父亲一脸迟钝，木刻般的愁纹遍布在脸上，小米的母亲一头灰白的头发尤为触目惊心。前后一个月时间，他们看上去老了十岁还不止。小米是他们的独生子，刚刚养大就出了意外，显然以他们的年纪，再也不可能有孩子了。遇到这样的场景，没法不让人心痛，我们在场的人都显得手足无措，不知道该如何安慰这对可怜的夫妇。

令我意外的是，他们见到了那具已经无法辨认的尸体时，谁都没有哭，两人仿佛在看一个跟自己无关的人。我告诉他们，经过DNA序列比对，这确定就是他们的孩子。小米母亲的脸上哆嗦了一下，她的瞳孔中闪过一丝惊恐，像墨汁滴入了水中，洇染开去，化成一团。面对已经白骨化的尸体，小米的父亲皱了一下眉头，他似乎难以相信，这就是他的孩子。当看到尸体边放着的校服和球鞋，他突然间被电击似的浑身哆嗦了一下，好像接受了这就是他孩子的事实。但孩子以这种不体面的方式离世，他大概觉得有些丢脸，一股难言的羞愧感从他脸上浮现了出来。

自始至终，两人没有说一句话，也没有一声哭泣，似乎闹出任何一点动静，在我们在场的情况下都是不合时宜的。

办理完遗体交接手续，殡仪馆的车就来了。小米被装入了一个简易的纸棺中，他的父亲似乎还在犹豫要不要跟去殡仪馆。两个人都像灵魂出窍，你提醒一声，他们就麻木地跟着。悲痛、惋惜、内疚一股脑儿涌了上来，我本想对他们说点什么，最终却什么也没说，默默地陪了他们一路。

张蕾的手指甲轻轻地叩着玻璃杯的边缘，显然她也被震惊了。我们的用餐已经接近尾声，窗外的阳光忽然猛烈了起来，树上传来了知了的叫声，一股炎热的气息在外面弥漫开来。

"是不是可以理解为，某些畸形的教育方式逼着他走上了绝路？"张蕾的提问让我浑身打了个哆嗦，我苦笑了一下说："可以这么理解，但不能这么下结论，学校还得继续办学，还有那么多学生在。后来学校在教育局出面的情况下，也赔偿了小米的父母一笔钱，那也是没有办法的办法。虽然事实上毫无意义，但也可以理解为对失独家庭的一种弥补。"

事实上，作为这个案子的法医，后来我能体会到小米父母的不甘心。在悲剧发生后，曾经有律师来找过我，我的职业习惯造就了我不可能说一些不负责任的话,所有的结论都如实地呈现在鉴定报告中。从律师隐晦的问题中,我感觉得到,他在试探小米是否还有别的死因。我没有给他这种机会,我也知道,他的公文包中藏着一支工作状态的录音笔。

"其实,这跟你没有关系。"张蕾适时地宽慰了我一句。

"我知道,谁也不希望发生这样的事。这就是这个职业的残酷性,有时候会不可避免地让你陷入黑暗的泥潭中。"我苦笑了一下,似乎在向她解释什么,但又好像什么也没说。我转向了窗外,瞧见不远处的树荫下盛开着大丛的绣球,忽然一阵清风过去,吹息了聒噪的蝉鸣,外面一下子安静了下来。

"你应该去看看他们。"张蕾提议道。

"说实话,我有点怕见到他们。"我搓了搓手,掌心已经有些汗涔涔。

"怕他们怪你吗?"

"那倒没有,他们就是朴素的农民。只是面对他们,你会体会到那种无力感,见不如不见。"

"你应该去。到时候,我陪你一起去,我也想去看看。"张蕾说得干脆利落,不容我推辞。

我感到有些不自在,已经过去的事我不想再纠缠下去。张蕾说，解开心结最好的办法莫过于勇敢面对它，只有坦然面对这件事，才算是真正跨过了心里那道坎。我承认，她说得也有一定的道理。

几天后，我在单位碰到阿磊，他笑眯眯地跟我说："据说，你们谈得还不错？"我笑而不语，阿磊怕我有想法，又解释道："第一印象很重要，张蕾主动跟我来说的。我跟她说了，以后是你们自己的事，不要再跟我来说。"

既然已经说到这个份上，我也大大方方地说出了对张蕾的赞美。阿磊打断了我的话，说："对着大哥夸妹妹有意思吗？再说，她也不缺赞美。"我想想也对，就及时地收起了有些假模假式的客套话。从交谈中获悉，张蕾把我们要去看望小米父母的事也告诉了阿磊。小米家的地址是阿磊提供的。他说，其实他也想去看看，就是一直没去成。我说，那一起去啊。阿磊翻了翻白眼说，要去也单独去，他才不当电灯泡。

小米家在西郊的一个镇上，那是一片快要被城市吞没的区域，四周到处都是工地。可以预见，在不久的将来，小米家的楼房也会被征用拆迁，随后这里会被高楼取代。我知道，这一带的人大多为外来的菜农和果农。早在多年前，他们从当地人手中买下了价格低廉的农民房，改为自住房。他们都在等着拆迁，也许赔到了钱，小米的父母就离开这里了。但眼下还不用担忧,挖掘机停在远处的残垣断壁间,似乎趴窝很久了。

正是午后慵懒的时光,阳光从树叶的缝隙中漏下来,行驶在摇曳的光影中,恍如置身于一个流动的水底世界,导航显示目的地就在附近,在一家棉花加工店旁,我把车停了下来。张蕾眼尖,看到了门牌号,小米家的院子是用篱笆围起来的。到了门口,我看到小米的父亲在给院子里的毛豆浇水,他的注意力先落到了张蕾身上,见是个陌生人,又弯下腰去顾自忙庄稼活。我冲他挥了挥手,他看到我,先一愣,继而认出我,放下水壶,来给我们开门。

我问他:"这里快拆迁了吧?"小米的父亲说:"早就听人在传了,可是也没见到拆迁公告贴出来。"我又问:"那你们愿意拆吗?"他停住了,以为我是来做拆迁动员工作的。我连忙打消了他的顾虑,说:"我来跟拆迁无关,就是来看看你们。"

他似乎也不太关心拆迁这事,说:"别人都盼着早点拆,可以赔一些钱。我无所谓,钱对我们也没什么用。"说完,他的目光落到了张蕾身上,流露出对生人的疑惑。我连忙向他介绍了一番,他这才变得有些客气起来,随即大声喊小米的母亲,似乎他非得拉上一个人,让人数对等了才安心些。

小米的母亲好像在楼上睡午觉，听到响动，好一会儿才睡眼惺忪地从楼上下来。随后，她张罗着给我们泡茶，家里的东西堆放得很凌乱，这让她感到有点过意不去。我怕彼此尴尬，不停地说着些无关紧要的话。闲聊间，门口的大鹅大摇大摆地踱进了家里，小米的父亲跺了跺脚，威胁道："还不出去？铁锅炖了你。"那只大鹅仿佛能听懂人话似的，扑扇着翅膀往门外飞奔，有点夺命逃亡的意味。我们不禁乐了起来，这让尴尬的气氛随之缓和了不少。

　　离小米出事已经过去了三年多，家里已经看不出小米生活的痕迹。我猜他们是仔细收拾过了，怕睹物思人，毕竟生活还得继续，陷在过去中只会徒增自己的烦恼。

　　起初小米的父母对我们还有些戒备，喝了一会儿茶，他们也逐渐地放松下来。我们的聊天时常会落入没话可说的尴尬中，在那令人如坐针毡的静默中，小米的母亲偶尔会用蒲扇驱赶一下桌底下大家腿上的蚊子，小米的父亲抽着烟，时而托着脑袋陷入出神的状态。

　　"你给我交个底，讨债鬼到底是自寻短见，还是有别的原因？"小米的父亲盯着我，突然冒出了这么一句话。我愣住了，随后反应过来，他可能也是受了媒体报道的影响。小米的失踪和死亡曾经在社会上引起很大的反响，鉴定结论出来后，很多自媒体开始猜测，说小米可能并不是自杀,因为两根鞋带承受不了一个快成年的少年的体重。后来,还有人猜测这可能跟人体器官的黑市交易有关,一时间搞得大家人心惶惶。

我定了定神说:"如果您认为我有起码的职业操守,那么请相信我的鉴定结论,小米确实符合机械性窒息死亡的特征。"

小米的父亲随即垂下了头:"那就是他自己想不开了。多么好的年纪,有什么过不去的坎呢?"

我忽然被点醒了:"小米的遗书是您亲眼看到的,前后的证据链和鉴定结论是能连起来的,您可以不相信我,但您应该相信自己的孩子。"

"上了这个学校后,我跟讨债鬼也几乎不说话。虽然我是他爹,可并不了解自己的孩子。他娘说这是叛逆期,这个阶段的孩子都这样。"小米的父亲说着把烟头掐灭在烟灰缸中,还用力地碾了几下。他接着说道:"过去了那么长时间,现在想起来,我还是很生气,多大的事呢?非得选择这么极端的方式。"他看了一眼自己的老伴说:"他一撒手是轻松了,我们怎么办?起初的那段日子,我们是爬过来的。冷屋冷灶,过的根本不是人的生活。如果不是相互依靠、相互打气,我们也早走了。死对我们来说根本不算什么,反而是一种解脱。"

可以想象，一对即将迈入老年的夫妻失去了唯一的孩子，那几乎等同于失去了未来。从他们的口中得知，在小米刚走的那段日子里，他们几乎不知道该怎么生活。每天睁眼醒来，看到亮光，他们就把窗帘拉得严严实实，在黑暗中各自坐着，一坐就是一整天。后来，学校派人送来了抚恤金，隔三岔五地有孩子的同学来看望他们，在无所适从的接待和忙碌里，他们这才缓过来一点。

又过了一段时间，他们发现了一个糟糕的事实，就是两人没办法在一起生活，因为一看到对方，就会无可避免地想起他们的小米。那时候，他们一度觉得只有分开过，才能让生活继续下去，但随后发觉相互的依靠没了，生活仅存的温度也跟着消失了，那真的把各自都逼进了绝路。他们只好又回到原来的样子，但生活总得有所改变。这时候，他们把目光落在了小米的遗物上，商量过后，觉得是时候把它们都收起来，准备迎接一个全新的明天了。小米的父亲找来了一个大木箱，把小米的遗物都装了进去，那只大木箱后来被他们悄悄地埋到了小米坟墓所在的后山上。

小米的父亲说，当时他们两人下了很大的决心，因为不把它们送走，可能他们这辈子都只能活在失去孩子的阴影中。那是一次生活的大扫除，他们把小米的所有东西都推到了生活以外。现在回想起来，他们也觉得有点可惜，小米自此从他们的生活中彻底消失了。

我和张蕾在一旁听得唏嘘不已。临走的时候，不太喜欢和人拥抱的我还是抱了一下小米的父亲，我说："很遗憾，我没有给您想要的答案，对不起！"

小米的父亲客气地说："过去那么久了，我们也没有要翻案的想法，只是想从您嘴里再确认一遍。"随后他把我们送出了院子，走到棉花加工店旁时，他站住了，打量着自己家的房屋说："希望拆迁晚点来，要是这里也拆除了，真的连一点记忆都没有了。"

我们钻进了车里，关上车门，张蕾的眼睛中有了光，她说："我以为工作后，再也没机会做雕塑了，今天忽然有了冲动，想给小米做一件作品。"

我愣了一下，雕塑本来就是一个有形的墓碑，象征着死亡。我说："他们会同意吗？"张蕾说："可以问问，如果他们愿意，我可以做这个尝试。"

当我们把这个想法告诉小米的父母时，没想到，小米的母亲一口答应了下来。她说，小米去世后，学校赔了一笔钱给他们，那笔钱一分都没有动，他们对此好像有默契，因为是小米出事后而赔偿的财物，谁都不想动它，似乎动一下，他们记忆中的孩子就会受到相应的损伤。她的用意很明显，想用这笔钱替小米完成一件有意义的事。张蕾连忙解释道："这个雕像不用你们出钱，就是送给你们的，看你们需不需要。"小米的母亲有点难为情，似乎接受馈赠是一件让她羞愧的事。家里已经没有小米留下的痕迹了，显然这时候有一个小米的雕像，对已经缓过来的他们来说是值得欣喜的。她说："既然雕了，就用好一点的材料，这个材料的钱由我们出。"看到她态度坚决，张蕾也只好答应了下来。

后来经过多方打听、比较，张蕾从福建买来了雕刻用的石材。那是一块天青色的花岗岩，有将近两米高。美术馆有现成的雕刻工作室，当叉车把石材运到工作室后，张蕾盯着那块石材看了足足一上午。从那块石材中，她看到了小米大致的轮廓，是一个蹲着的样子，他穿着一身校服，有一头来不及整理的乱发和一张满是青春痘的脸。当张蕾把这一切告诉我的时候，我不禁大吃一惊，她的描述几乎和小米失踪前在监控中的样子分毫不差。

张蕾心里有了确凿的形象，才开始动工。剩余的事情就是除去多余的石料，把小米从石头中呈现出来，但她却觉得并不轻松。她去小米的母亲那里要来小米的照片，因为雕刻一个人像，除身形姿态外，最难的还是五官，需要足够精确的照片，她才能还原小米生前的模样。小米的母亲告诉她,当时一狠心,把小米的东西全装进了箱子里,家里已经找不出像样的照片了。

来来回回折腾了好几次,小米的母亲最后拿出了小米的遗像。那幅遗像本来是挂在小米房间里的,但她觉得遗像上的小米太年轻了。孩子这么年轻就夭折了,这让作为一个母亲的她感到分外羞愧。于是,她悄悄地收了起来,平时并不想让外人看到。

拿到那幅遗像,小米的五官一下子清晰了起来。那段时间,张蕾几乎每天一有空就泡在工作室里,我只能去那里找她。工作室里乱得无处下脚,雕刻工具丢满了一地,工作状态中的张蕾变成了另外一副模样。她穿着脏兮兮的工作服,身上、脸上都是灰尘,根本无暇顾及自己的形象。我一进入工作室,她从不遮脸,倒是会在第一时间用布把未完成的雕像盖起来。我问她为什么不让我看。她说,没有成形前,谁都不准看。那段时间,她很苦闷,总觉得那个作品有不对的地方,但又说不清哪里不对。

直到有一天,我跟她说,如果小米还活着,现在应该是个快二十岁的小伙子了。一语惊醒梦中人,张蕾跳了起来,她说:"我终于知道哪里不对了。我之前满脑子想的是以前的小米,其实应该是他现在的样子。"

之后的雕刻进行得异常顺利,张蕾也不再拒绝我在一旁围观。在轰鸣的切割声中，多余的石屑纷纷剥落，石粉在工作室里弥漫飞舞，小米的模样逐渐从石材中清晰了起来。最后成形的雕像已经和照片上的小米大相径庭，他不再是一个男孩，而变成了一个精壮的小伙子，眉宇之间有一股英气，个头远远地超过了一个少年。

送雕像，我们特意选了个好日子。那天，我提前通知了小米的父母。等我们到达小米家，门口已经布置过了，那里张灯结彩，一片喜气洋洋的氛围。工人们把雕像抬进小米曾经住的房间后，小米的母亲一把拉开了窗帘，一束闪亮得有些晃眼的阳光照进了房间。随后，小米的父母围着那座用红色丝绸包裹起来的雕像慢慢地转圈，看得出来，他们的内心充满了期待，同时也怀着一丝忐忑。这时候，张蕾不禁也紧张了起来，她提醒他们："如果你们看了不是很满意，请原谅我，我已经尽力了。"

"那怎么会呢？"小米的母亲客气地说道，"实不相瞒，我们对雕塑也不懂。为了弥补这方面的不足，前段时间我和他爹还特意去看了一个雕塑展览。说实话，每一个雕像和真实的人都不太像。我们觉得小米能被做成雕像，这是一种荣幸。"小米的父亲也在一旁附和道："只要我们还认得他，就很满足了。"

揭晓答案的时刻到了，我忽然发现小米的父母动作变得异常轻柔。他们小心翼翼地解着绑在丝绸上的每一个绳结，每解开一个结，双手都会微微地颤抖。等到所有的绳结都松开了，红色丝绸缓缓滑落，一个精壮的小伙子出现在他们面前，小米的母亲"哇"的一声，抱住了她的孩子，掩面痛哭起来。

我看到，张蕾也跟着湿了眼眶。这时候，她作为雕塑的作者，没有忘记告诉他们，小米一直活在大家的心里，现在的他已经快二十岁了，比离开我们的时候更像个小伙子了。

"也就是说，消失了三年多的小米回来了。"我不禁有些动情。

小米的母亲攀住了雕像的肩膀，她仔细地辨认着自己孩子的模样。当她看到小米的嘴唇上已经长出了细密而柔软的胡须时，她掩饰不住自己的惊喜，羞怯地说道："像！太像了！"

小米父亲的目光落到了小米穿着的鞋子上，那是一双乔丹牌篮球鞋，鞋帮上有飞人乔丹经典的扣篮标志，这也是小米出事时穿的鞋。雕像蹲在那里，英姿勃发，一副活力四射的样子。小米的父亲看着鞋子的鞋带系得纹丝不乱，他抹了把脸喃喃道："他终于把鞋子穿回去了。"

张蕾吁出了长长的一口气，我郑重其事地上前拥抱了她。我说:"这段时间辛苦你了,谢谢你!"张蕾仰起脸看着我说:"终于了了一桩心事,接下来该考虑我们自己的终身大事了。"

过了大半年,我接到了小米父亲打来的电话。他告诉我,他们住的房子终于拆迁了,拆迁协议已经签了,接下来他们打算回老家去生活了。临走前,他跟我来道个别,也希望通过我,转告他们夫妻对张蕾的感谢。

从他的语气中,我感受到他已经从失去孩子的阴影中彻底走出来了,这种奇妙的缘分让我心里莫名地欢快了起来。我转告了张蕾他们拆迁后回老家的事,张蕾说不管他们怎么安排以后的生活,她都支持他们。我说:"就是有点遗憾,以后可能再也看不到你的那个雕塑作品了。"张蕾说:"那可不一定。"

果然,第二年清明,我们在祭祖的途中邂逅了小米的雕像。在一群低矮的公墓中,竖立着一个高大雕像,本来就显得特别醒目。远远地,我就注意到了那个雕像,扫墓的人群经过那里的时候也纷纷驻足观看。

其实张蕾早就注意到了自己的作品,但她没好意思说。直到走近了,我才确信那就是小米。我兴奋地拉起张蕾的手说:"看!是小米!"张蕾的脸上露出一丝羞涩。我们这才发觉,小米原来安葬在这里。我说:"原来,他们没把它带到老家去。"张蕾说:"可能是怕他孤单,就把它留在了这里。自己陪着自己,也挺美好。"

我注意到小米的父母已经来过了,小米的墓碑前有烧过的纸钱留下的灰烬,雕像前摆放了一束鲜花。我不禁凑上前去,发现雕像右侧的肩膀,因为长时间的抚摸,变得无比光滑,显然这是他们留下的痕迹。一阵清风拂过,远处传来地铁在高架上缓缓驶过的声音,飘忽而遥远。一切都还是老样子,但一切已经发生了改变。